# अमित गुप्ता

अमित गुप्ता का जन्म 19 जुलाई, 1981 को बैरकपुर, पश्चिम बंगाल में हुआ। उन्होंने कोलकाता विश्वविद्यालय से बी.कॉम. किया है। उनके दो कविता-संग्रह क्रमश: हिन्दी और अंग्रेज़ी में प्रकाशित हैं—'रात के उस पार', 'अनकलेक्टेड नथिंगनेस'।

संगीत कला अकादमी की पत्रिका 'संगना' में उनकी कुछ ठुमरियाँ भी प्रकाशित हुई हैं। पेशे से आई.टी. प्रोफ़ेशनल अमित फ़िलहाल दिल्ली में रहते हैं।

सम्पर्क : gupta.amit1907@gmail.com

# देहरी पर ठिठकी धूप

अमित गुप्ता

राधाकृष्ण पेपरबैक्स

राधाकृष्ण पेपरबैक्स में
**पहला संस्करण :** 2022



**राधाकृष्ण पेपरबैक्स :** उत्कृष्ट साहित्य के जनसुलभ संस्करण

राधाकृष्ण प्रकाशन प्रा. लि.
जी-17, जगतपुरी
दिल्ली-110 051
द्वारा प्रकाशित

**शाखाएँ :** अशोक राजपथ, साइंस कॉलेज के सामने, पटना-800 006
पहली मंजिल, दरबारी बिल्डिंग, महात्मा गांधी मार्ग, प्रयागराज-211 001
36 ए, शेक्सपियर सरणी, कोलकाता-700 017
वेबसाइट : www.radhakrishnaprakashan.com
ई-मेल : info@radhakrishnaprakashan.com

बी. के. ऑफसेट
नवीन शाहदरा, दिल्ली-110 032
द्वारा मुद्रित

**मूल्य :** ₹199

DEHRI PER THITHAKI DHOOP
*Novel* by Amit Gupta

ISBN : 978-93-91950-03-3

शुभ्रा के लिए

# एक स्वर

आम ज़िन्दगी में हर इनसान अपनी कहानी का नायक होता है। उपन्यास पूरा होने के बाद जब मैंने कहानी के सभी पात्रों से पूछा, "बताओ—तुममें से कौन है इस कहानी का असली नायक?"

उन सबने एक स्वर में मुझसे कहा, "मैं हूँ नायक," और फिर वे सब एक साथ ही मौन हो गए। जैसे मुझे अवसर दे रहे हों कि मैं उनके जवाब की पुष्टि कर सकूँ। लेकिन न मैं उनके दिए जवाब की पुष्टि कर पाया और न उनमें से किसी एक को नायक ही चुन पाया। इस कहानी का नायक कौन है, इसका निर्णय अगर पाठक करें, तो मुझे इन प्रश्नों से मुक्ति मिल जाएगी।

इस उपन्यास को लिखने की प्रेरणा मुझे रितुपर्णो घोष से मिली। उनका जीवन, उनकी फ़िल्में और लेखन मेरी इस लेखन-यात्रा में लगातार साथ रहे।

**—अमित गुप्ता**

# 1

**धूप** निकल आई थी। मोनेस्ट्री के गेट के बाहर पिछली रात की बारिश का पानी कहीं-कहीं अब भी जमा हुआ था। कुछ बौद्ध-भिक्षुओं के अलावा सड़क पर और कोई नज़र नहीं आ रहा था। सभी दुकानें बन्द थीं। बस मोनेस्ट्री के गेट के सामने एक तिब्बती औरत चाय बेच रही थी। सामने बेंच पर एक छोटा सा लड़का स्लेट पर कुछ लिख रहा था, शायद वो उस औरत का बेटा था। हवा ठंडी थी, जुलाई की बारिश की नमी अपने संग लिये हुए। सड़क किनारे कुत्ते सोए हुए थे। उन तक धूप अभी पहुँची नहीं थी और वे ठिठुर रहे थे।

पिछली रात जब वे यहाँ पहुँचे थे, पूरा शहर बारिश में भीग रहा था। गाड़ी पार्क करने के बाद वे दोनों थोड़ी देर गाड़ी के अन्दर ही बैठे रहे थे। ऊपर दोनों ओर चीड़ के पेड़ थे और उसके बीच एक छोटा-सा कॉटेज। बारिश इतनी तेज़ थी कि ऊपर कॉटेज तक जा पाना मुश्किल था। उन्होंने कॉटेज में फ़ोन किया कि अगर कोई छाता लेकर कार पार्किंग तक आ सके तो अच्छा रहेगा। बिजली नहीं थी। रोशनी के नाम पर बस गाड़ी का जलता हुआ हेडलाइट। आवाज़ के नाम पर सिर्फ़ बूँदों की आवाज़। धुंध

ने धौलाधार के पहाड़ों को जैसे कहीं छुपा दिया था। कुछ देर बाद, कॉटेज से एक लड़का एक हाथ में छाता और दूसरे में टॉर्च लेकर आ गया था और वो एक ही छतरी में आधे भीगते हुए किसी तरह सीढ़ियाँ चढ़कर ऊपर कॉटेज तक पहुँच गए थे। कॉटेज के रिसेप्शन पर एक मोटी सी मोमबत्ती जल रही थी। साँवला-सा एक लड़का रिसेप्शन पर उनके स्वागत में खड़ा हुआ था। उसे देखकर लग रहा था कि उनके आने के पहले वो गहरी नींद में सो रहा था।

मोनेस्ट्री के अन्दर जगह-जगह छोटे-छोटे चहबच्चों में पानी जमा था। मोनेस्ट्री के परिसर में एक छोटा सा संग्रहालय था—'The Tibet Museum', जो इस वक़्त बन्द था। 1998 में स्थापित, तिब्बत संग्रहालय में 30,000 से अधिक तस्वीरें, एक यात्रा प्रदर्शनी, और एक स्थायी प्रदर्शनी थी जो हिमालय पर्वतमाला में निर्वासन की तिब्बती यात्रा का दस्तावेज़ थीं। म्यूज़ियम के नीचे एक किताब की दुकान थी, जिसमें अधिकतर बौद्ध धर्म से जुड़ी और दलाई लामा की किताबें बिकती थीं। सीढ़ियाँ कहीं-कहीं पर गीली थीं, कहीं-कहीं इकहरी सी धूप आकर रेलिंग पर ठहर गई थी। आसमान में बादल के छोटे-छोटे जत्थे धौलाधार के चारों ओर बिखरे हुए थे। सीढ़ियों से ऊपर चढ़कर प्रेयर हॉल के सामने एक बड़ा सा चबूतरा था जहाँ कई बौद्ध-भिक्षु प्रार्थना कर रहे थे। पेड़-पौधे पिछली रात की बारिश में धुलकर सूरज की पीली रोशनी में चमक रहे थे। चीड़ और देवदार के वृक्ष ऊपर धौलाधार तक एकाग्र होकर ऐसे खड़े थे, जैसे वो किसी प्रार्थना सभा का हिस्सा हों।

मोनेस्ट्री में एक हॉल हमेशा दीपों से सुसज्जित रहता था; छोटे-बड़े सैकड़ों दीप हमेशा उस हॉल को रोशन रखते थे। बाहर जितनी भी ठंड हो, लेकिन हॉल के अन्दर चारों पहर दीपों के जलते रहने के कारण अन्दर

हल्की गर्मी रहती थी। हॉल की पूर्वी दिशा की दीवार में एक बड़ी सी खिड़की थी, जिसमें नीले रंग के काँच लगे हुए थे। काँच पर पिछली रात की बारिश की कुछ बूँदें अभी भी ठहरी हुई थीं जो हॉल के अन्दर जलते हुए दीपों के तेज़ से धीरे-धीरे सूखने लगी थीं। काँच से इकहरी सी धूप हॉल के अन्दर रखी बड़ी सी मेज़ पर आकर ठहर गई थी। इस वक़्त सब कुछ ठहरा हुआ था; बाहर सूरज की चमकीली रोशनी, हॉल के अन्दर दीपों की पीली रोशनी और अनुराग का अधीर मन।

बौद्ध-भिक्षुओं के अलावा हॉल के अन्दर किसी और को जाने की अनुमति नहीं होती थी। बौद्ध-भिक्षुओं का काम था जैसे ही कोई दीप बुझ जाए, उसे दोबारा जला देना। इन बौद्ध-भिक्षुओं को न हिन्दी आती थी और न ही अंग्रेज़ी। इनमें ज़्यादातर तिब्बत से थे; इसलिए वो तिब्बती भाषा में ही बात करते थे। हाँ, अंग्रेज़ी के दो-चार वाक्य उन्हें ज़रूर आते थे, जैसे, 'प्लीज़ डोंट कम हियर', 'प्लीज़ गो फ़्रॉम हियर', 'नो-नो, नॉट अलाउड।' लेकिन, अनुराग जब भी यहाँ आता था, भिक्षुओं को किसी तरह मनाकर, थोड़ी देर के लिए हॉल के अन्दर जाने की अनुमति ले ही लेता था।

अक्सर हॉल में एक या दो बौद्ध-भिक्षु होते थे, आज सिर्फ़ एक ही बौद्ध-भिक्षु था। जितने कम लोग होते, उन्हें मनाने में उतनी आसानी होती थी। अनुराग उस बौद्ध-भिक्षु को मनाकर हॉल के अन्दर दाख़िल हुआ। खिड़की के हर काँच से गुनगुनी धूप मेज़ के कोने-कोने में ऐसे विराजमान थी, जैसे किरणों की रेखा खींच दी हो किसी चित्रकार ने। दीप जलाने के पहले वो कुछ देर वहाँ के वातावरण में रम जाना चाहता था; शान्ति और स्थिरता का समंदर बटोर लेना चाहता था। लेकिन वहाँ ज़्यादा देर रुकना सम्भव नहीं था। बौद्ध-भिक्षु आपको दो-चार मिनट ही रुकने की अनुमति देते थे। अनुराग ने कुछ बुझे हुए दीपों को जलाया। कुछ में उसने घी भी

डाला। फिर कुछ और वक़्त वहीं बिता पाने के लिए दीपों को जलाने में बौद्ध-भिक्षु की मदद करने लगा। उसका बस चलता तो वो यहाँ सुबह से शाम तक बैठा रहता। लेकिन थोड़ी ही देर में बौद्ध-भिक्षु ने उसे जाने के लिए कह दिया। अनुराग ने उसे नमस्कार किया और हॉल के बाहर आ गया।

श्लोक प्रार्थना हॉल में बैठा हुआ था, जहाँ बुद्ध की एक बड़ी सी मूर्ति विराजमान थी। वो ध्यानमग्न होकर प्रार्थना में लीन था। हॉल के दाहिनी ओर कुछ बौद्ध-भिक्षु बैठे प्रार्थना कर रहे थे। कुछ टूरिस्ट भी थे, जिनमें से कुछ प्रार्थना कर रहे थे तो कुछ तस्वीरें खींच रहे थे।

अनुराग प्रार्थना हॉल में पहुँचा और श्लोक को ढूँढ़ने लगा। वो हॉल के एक कोने में आँखें मूँदे बैठा था। अनुराग चुपचाप उसके पास जाकर बैठ गया। कुछ जगहों पर ख़ामोशी ज़रूरी होती है। बाहर बाज़ारों में, सड़कों पर, रेलवे स्टेशन, हवाई अड्डा, बस स्टॉप पर, दफ़्तरों में और यहाँ तक कि लोगों के घरों में क्या कम शोर है कि मंदिर-मस्जिद-गुरुद्वारा-चर्च-मोनेस्ट्री आकर भी लोग बातें करके शोर करें।

अनुराग ने भी अपनी आँखें बन्द कर लीं और प्रार्थना करने लगा। थोड़ी देर बाद जब श्लोक ने अपनी आँखें खोलीं तो अनुराग को अपने पास बैठा पाया। श्लोक वहीं बैठा रहा, कभी वो बुद्ध की मूर्ति को देखता तो कभी अनुराग को।

कुछ देर बाद अनुराग ने अपनी आँखें खोलीं, तो पाया श्लोक उसकी ओर देख रहा था। दोनों के मुखमंडल पर पूजा के दीपक जैसा तेज था। प्रेयर हॉल से बाहर आकर वो हॉल के चारों ओर लगे प्रेयर व्हील को घुमाते हुए हॉल की परिक्रमा करने लगे। मोनेस्ट्री में पर्यटकों का आना-जाना अभी शुरू नहीं हुआ था। इतनी सुबह बहुत कम लोग ही यहाँ आते थे। वो दोनों

वहीं चबूतरे पर एक बेंच पर थोड़ी देर के लिए बैठ गए। सूरज अचानक ही बादलों के पीछे कहीं खो गया। पहाड़ों पर बारिश के दिनों में पल भर में चारों ओर अँधेरा छा जाता है और फिर पूरा दिन ऐसा लगता है जैसे एक कभी न ख़त्म होने वाली शाम।

दोनों वहाँ थोड़ी देर बैठने के बाद कॉटेज के लिए निकले। मोनेस्ट्री से निकलकर अनुराग ने सामने टैक्सी स्टैंड से एक टैक्सी बुलाई। वैसे तो मोनेस्ट्री से कॉटेज की दूरी ज़्यादा नहीं थी, लेकिन श्लोक के कमर में दर्द होने की वजह से, उसने टैक्सी लेना उचित समझा। टैक्सी कॉटेज की ओर चल पड़ी। धुंध बहुत थी। दस मीटर तक भी देखना मुश्किल हो रहा था। टैक्सी ड्राइवर ने गाड़ी के दोनों इंडिकेटर जला दिए थे और गाड़ी बहुत धीरे चला रहा था। गाड़ी का वाइपर लगातार चल रहा था, लेकिन धुंध इतनी ज़्यादा थी कि वाइपर से भी कोई फ़ायदा नहीं हो रहा था। सामने कोहरे के सिवा कुछ भी नज़र नहीं आ रहा था। अनुराग ड्राइवर के बग़ल वाली सीट पर बैठा था और उसकी नज़रें सामने सड़क पर जमी हुई थीं। अचानक सामने से हॉर्न की कर्णभेदी आवाज़ और फिर एक ज़ोरदार धमाके की गूँज।

अनुराग की आँखों के सामने अँधेरा सा छा गया, आसपास के शोर के अलावा उसे और कुछ सुनाई नहीं दे रहा था। वो पीछे मुड़कर श्लोक को देखना चाहता था कि वो ठीक है या नहीं, लेकिन मुड़ नहीं पाया। कुछ दूर पे उसे सड़क दिखाई दे रही थी, और ऊपर सड़क के किनारे एक जीप खड़ी थी। शायद इसी जीप से टकराकर उनकी गाड़ी इस गड्ढे में गिर गई होगी। एक आदमी ने अनुराग को गाड़ी से बाहर निकाला। उसके दाहिने घुटने में और कोहनियों में चोट आई थी। उसने सीट बेल्ट लगा रखा था, इसलिए कोई गम्भीर चोट नहीं आई। आसपास के लोग

जमा हो गए थे, कुछ लोगों ने मिलकर श्लोक को गाड़ी से बाहर निकाला। उसके सर में गहरी चोट थी, ख़ून बहुत बह रहा था और वो बेहोश हो गया था। एक-दो लोगों ने ड्राइवर को भी गाड़ी से बाहर निकाला, वो भी बेहोश था।

एम्बुलेंस बुलवा ली गई थी। स्थानीय लोगों ने श्लोक के मुँह पर पानी मारा कि शायद उसे होश आ जाए, पर वो नाकामयाब रहे। अनुराग बस यही दुआ कर रहा था कि श्लोक की हालत कहीं और ज़्यादा गम्भीर न हो जाए। ड्राइवर अब होश में आ चुका था, उसके भी सर पर चोट लगी थी, लेकिन ज़्यादा ख़ून नहीं बहा था। वो अपना दाहिना घुटना पकड़कर ज़मीन पर बैठा हुआ था। होश में आते ही वो अनुराग से माफ़ी माँगने लगा था। लेकिन उसकी कोई ग़लती नहीं थी, इतनी धुंध में ऐक्सिडेंट होना कोई बड़ी बात नहीं थी। वो तो गाड़ी धीरे ही चला रहा था, और वो भी दोनों इंडिकेटर जलाकर।

अनुराग की नज़रें सड़क पर टिकी हुई थीं कि कब एम्बुलेंस आए और श्लोक को अस्पताल ले जाया जा सके। पन्द्रह मिनट बाद एम्बुलेंस आई, पन्द्रह मिनट तक श्लोक सड़क किनारे बेहोश पड़ा रहा। इन पन्द्रह मिनटों में बेचैनी तूफ़ान की तरह अनुराग पर पूरी तरह से हावी रही। वो बस यही दुआ कर रहा था कि श्लोक को होश आ जाए।

अस्पताल पहुँचते ही श्लोक को इमरजेंसी में भर्ती किया गया। अनुराग ने अस्पताल की सारी औपचारिकताएँ पूरी की। "आप भी अपनी मरहम-पट्टी तुरन्त करवाइए, आपके घुटने में और कोहनियों में काफ़ी चोट है," अस्पताल कर्मी ने अनुराग से कहा।

"जी, मैं घर पर इत्तला करके करवाता हूँ," अनुराग इतना कहकर इमरजेंसी के बाहर वेटिंग रूम में चला गया। उसे मीरा को तुरन्त इत्तला

कर देनी चाहिए। जैसे ही मीरा को इस दुर्घटना के बारे में पता चलेगा, वो उसके सामने सवालों की झड़ी लगा देगी—ये सब कैसे हुआ? श्लोक अभी कैसा है? ज़्यादा चोट तो नहीं आई? डॉक्टर ने क्या कहा? किस अस्पताल में भर्ती है? और आख़िरकार, तुम वहाँ मैक्लॉडगंज में क्या कर रहे हो—श्लोक तो अकेले जाने वाला था वहाँ?

अनुराग ने अपने को सँभाला—अभी सबसे ज़रूरी चीज़ ये थी कि मीरा को तुरन्त इत्तला की जाए। सवालों के जवाब वो बाद में सोचेगा। उसने मोबाइल निकाला और काँपते हाथों से मीरा का नम्बर डायल किया।

मीरा अपने कैफ़े के किचन में थी और सामान की स्टॉकिंग कर रही थी।

"हेलो," अनुराग की आवाज़ में घबराहट थी।

"तुम इतने घबराए हुए क्यों हो, सब ठीक तो है?" मीरा ने पूछा।

"कुछ भी ठीक नहीं है। श्लोक का ऐक्सिडेंट हो गया है। वो मैक्लॉडगंज के ज़ोनल अस्पताल में भर्ती है।"

"क्या? कैसे हुआ ये? कब हुआ? अभी कैसा है श्लोक? और तुम क्या कर रहे हो मैक्लॉडगंज में? कहीं अस्पताल वालों ने तुम्हें पहले कॉल तो...?"

अनुराग ने उसे बीच में रोकते हुए कहा, "डॉक्टर अभी इमरजेंसी में ले गए हैं उसे। तुम जल्दी यहाँ पहुँचो। जैसे ही डॉक्टर जाँच करके बाहर आएँगे, मैं दोबारा कॉल करूँगा तुम्हें।"

"लेकिन तुम वहाँ...?"

"मैं तुम्हें सब बताऊँगा, तुम पहले यहाँ पहुँचो," अनुराग ने अपनी बात पूरी की।

"अगर मैं बस से आई तो कल सुबह के पहले नहीं पहुँचूँगी।

सो, फ़्लाइट लेना ही ठीक होगा।" मीरा ने अपनी घड़ी की ओर देखते हुए कहा।

"हाँ, शायद तुम्हें दोपहर वाली कोई फ़्लाइट मिल जाए," अनुराग की नज़रें वेटिंग रूम की दीवार पर टँगी घड़ी पर ठहरी हुई थीं; एक बज रहा था।

"ठीक है। मैं महेश को कुछ दिनों के लिए कैफ़े सँभालने को कह देती हूँ और यहाँ से जल्द से जल्द निकलती हूँ," कहकर मीरा ने फ़ोन रख दिया।

मीरा ने महेश को आवाज़ लगाई। महेश कैफ़े का मैनेजर था और इस कैफ़े का सबसे पुराना कर्मचारी भी। वो कैफ़े के पास के एक मोहल्ले में रहता था। सुबह कैफ़े खोलना और रात को कैफ़े बन्द करने की ज़िम्मेदारी महेश की ही थी। मीरा ने संक्षेप में महेश को सब कुछ बताया और हवाई अड्डे के लिए निकल गई।

**फ़ोन** रखने के बाद अनुराग वहीं वेटिंग रूम में बैठा रहा। आसपास के लोग उसकी ओर देख रहे थे, शायद सोच रहे थे कि ये आदमी अपनी मरहम-पट्टी क्यों नहीं करवाता। शरीर के घाव सबको दिखते हैं, मन के नहीं।

कुछ देर वेटिंग रूम में बैठने के बाद अनुराग इमरजेंसी वार्ड की ओर चला गया। घुटने में चोट होने के कारण वो लँगड़ाकर चल रहा था। नर्स ने पहले उसे टिटनेस का इंजेक्शन दिया, फिर उसकी मरहम-पट्टी की और एक पेन-किलर भी दिया। दवा लेकर अनुराग वापस वेटिंग रूम लौट आया।

**मीरा** तुरन्त हवाई अड्डे के लिए निकल गई। मीरा को धर्मशाला की अगली फ़्लाइट जो डेढ़ घंटे बाद थी मिल गई। चेक-इन और सुरक्षा-जाँच के बाद वो बोर्डिंग गेट के सामने बैठी हुई थी कि तभी अनुराग का दोबारा फ़ोन आया।

"हेलो। अब श्लोक की हालत कैसी है?" मीरा ने व्याकुलता से पूछा।

"डॉक्टर कह रहे हैं कि श्लोक की हालत थोड़ी गम्भीर है। सिर पर चोट लगने की वजह से बहुत ख़ून बह गया है। तुम कहाँ हो?"

ये सुनकर मीरा का चेहरा पीला पड़ गया। "मैं हवाई अड्डे पर हूँ। पैंतालीस मिनट बाद फ़्लाइट है।"

"ठीक है। मैं तुम्हें मैसेज करता रहूँगा," अनुराग ने कहा और फ़ोन रख दिया।

पौने पाँच बजे मीरा धर्मशाला हवाई अड्डे पहुँची। वहाँ से टैक्सी लेकर वो सीधा अस्पताल पहुँची। अनुराग वेटिंग रूम में बैठा था, उसकी आँखें लाल थीं और चेहरा एकदम ज़र्द।

"किस कमरे में है श्लोक? मुझे अभी उसके पास ले चलो," मीरा ने अधीर होते हुए कहा।

"वो अभी आई.सी.यू. में है। हम उसे नहीं देख सकते अभी। ख़ून काफ़ी बहा है, और डॉक्टर ने अब तक दो बोतल ख़ून चढ़ा दिया है और दो बोतल ख़ून की ज़रूरत है, जो कल सुबह फिर चढ़ाया जाएगा," अनुराग ने नज़रें नीची करके कहा। वो मीरा से आँखें चुरा रहा था।

"तुम मुझसे नज़रें क्यों चुरा रहे हो? साफ़-साफ़ बताओ, क्या छुपा रहे हो तुम मुझसे?" मीरा ने झल्लाते हुए कहा।

"तुम पहले थोड़ा सुस्ता लो।"

"नहीं, मुझे नहीं सुस्ताना। तुम बताओ आख़िर बात क्या है? तुम

यहाँ क्या कर रहे हो—तुमने तो कहा था कि तुम्हारी अगली किताब के सिलसिले में तुम्हें अपने प्रकाशक से मिलना है?"

"हाँ, मिलना तो था लेकिन मैंने कैंसल कर दिया। परसों रात मैंने एक बहुत बुरा सपना देखा। सुबह उठा तो मुझे समझ में नहीं आ रहा था कि उस दुःस्वप्न से कैसे बाहर निकलूँ तभी श्लोक का कॉल आया और उन्होंने बताया कि वो मैक्लॉडगंज जा रहे हैं। मैंने साथ चलने का आग्रह किया।"

"तो फिर तुम दोनों में से किसी ने मुझे बताया क्यों नहीं? क्या मैं मना करती?"

"नहीं।"

"फिर क्यों नहीं बताया?"

अनुराग को पसीने आ रहे थे; उसे समझ में नहीं आ रहा था कि बात कहाँ से शुरू करे। जो बात श्लोक और उसने मीरा से इतने सालों तक छुपा रखी थी, वो अकेले कैसे उस बात का ख़ुलासा कर सकता था। अनुराग की सबसे बड़ी दुविधा ये थी कि उसे सब कुछ मीरा को बताना चाहिए भी या नहीं? क्या ये सही समय भी था? क्या उसे श्लोक के होश में आने का इंतज़ार करना चाहिए?

अनुराग को ऐसे घबराया देखकर मीरा बौखला उठी, "देखो अनुराग, तुम और श्लोक ही मेरा परिवार हो। तुम्हारे हाथ-पैर में चोट है और मेरा पति आई.सी.यू. में है। तुम मेरे सब्र का और इम्तिहान मत लो। साफ़-साफ़ बताओ, आख़िर बात क्या है?" मीरा की आँखों से आँसू छलक आए।

"मैं तुम्हें सब कुछ बता देना चाहता हूँ मीरा। लेकिन मुझे समझ में नहीं आता कि कहाँ से शुरू करूँ। श्लोक ने मुझसे कहा था कि वो सब

कुछ तुम्हें ख़ुद ही बताएँगे," अनुराग की आँखें ज़मीन पर अब भी गड़ी हुई थीं।

"अब श्लोक तो होश में है नहीं कि वो मुझे कुछ बता पाए। अब पहेलियाँ बुझाना बन्द करो। मेरे सब्र का बाँध अब टूट रहा है," मीरा की आँखें अनुराग पर टिकी हुई थीं।

अनुराग ने एक गहरी साँस ली, उसकी आँखें वेटिंग रूम में कुछ तलाश रही थीं, "मीरा—तुम्हारे और श्लोक के अलावा मेरा इस दुनिया में और कोई नहीं है, और मैं तुम दोनों से बहुत प्यार करता हूँ।"

"ये सब तो मुझे पता है। आख़िर तुम कहना क्या चाहते हो," मीरा के स्वर में एक घबराहट थी।

"बात ये है मीरा कि..." अनुराग ने एक गहरी साँस ली, "मैं श्लोक को सिर्फ़ एक जीजा की तरह नहीं बल्कि एक पुरुष के तौर पर भी प्यार करता हूँ। वो भी मुझसे प्यार करते हैं। पिछले पाँच साल से हमने ये रिश्ता तुम्हारी नज़रों से और दुनिया की आँखों से बचाए रखा। यही वजह है कि मैं शादी नहीं करना चाहता।" जैसे-तैसे अपनी आवाज़ की कंपन को सँभालते हुए अनुराग ने कहा।

मीरा उसकी टोन से समझ गई थी कि उसका जवाब रटा-रटाया नहीं था।

अनुराग के मुँह से निकला हुआ हर एक शब्द मीरा के मन को छलनी कर गया। उसके सगे भाई ने उसे इतना बड़ा धोखा दिया। क्यों? वो भाई जिसे उसने पाल-पोसकर बड़ा किया, जिसे कभी उसने माँ-बाप की कमी महसूस नहीं होने दी। और उसका पति, जिसे वो इतना प्यार करती थी, ये सब करने से पहले, उसने उसके बारे में एक बार भी नहीं सोचा। वो रोना चाहती थी, चीख़ना चाहती थी। पर उसे इस बात का एहसास था

कि वो अभी अस्पताल में है। उसने अनुराग से कुछ नहीं कहा और वहाँ से चली गई। मीरा एकान्त चाहती थी, अस्पताल के बाहर एक पार्क था, वहाँ जाकर बेंच पर बैठ गई।

पिछले पाँच सालों में मीरा को ज़रा सी भी भनक नहीं पड़ी कि उसकी शादी धीरे-धीरे दम तोड़ रही थी; उसका पति अब किसी और का हो चुका था। कहाँ कमी रह गई? जिस इनसान को उसने एक सरल, संवेदनशील और अच्छा इनसान समझा, वो कैसे उसके साथ इतना बड़ा विश्वासघात कर सकता है? मीरा ने अपने आप से ये सवाल बार-बार पूछे, लेकिन उसे कोई ठोस जवाब नहीं मिला। शायद इन सवालों का कोई जवाब हो ही नहीं सकता, फिर चाहे मीरा जितना सोच ले या श्लोक भी लाख सफ़ाई क्यों न दे दे।

मीरा ने फ़ैसला किया कि वो रोएगी नहीं। ये वक़्त रोने का नहीं, बल्कि अपने भविष्य के बारे में सोचने का था। हाँ, श्लोक अपनी सफ़ाई में जो कहना चाहे वो सुनेगी, लेकिन उसे माफ़ करने लायक महानता उसमें नहीं थी।

वो जब पार्क से वापस आई, तो अनुराग हथेलियों से अपना चेहरा ढके वेटिंग रूम में बैठा हुआ था। लेकिन क्या चेहरा छुपा लेने से किसी के गुनाह छुप सकते हैं?

**मीरा** वेटिंग रूम में कोने की एक बेंच पर जाकर बैठ गई। वो अनुराग से ज़्यादा से ज़्यादा दूर हो जाना चाहती थी। ये फ़ासले मीरा ने नहीं बनाए थे, ये तो श्लोक और अनुराग की देन थी। इन फ़ासलों का कारवाँ अब यहाँ से और आगे जाने वाला था, लेकिन इस बार मीरा को तय करना था कि उनके रिश्तों में कितनी दूरी होगी। या फिर, रिश्ते होंगे भी या नहीं। वो

लगातार वेटिंग रूम की खिड़की के बाहर देखती रही; अन्दर-ही-अन्दर उसे एक ख़ालीपन खाए जा रहा था। उसे कई सवालों के जवाब चाहिए थे। मुश्किल परिस्थितियों में इनसान लाख चाहे कि वो अन्दर से मज़बूत और साहसी बना रहे, लेकिन इनसान तो आख़िर इनसान होता है। वह कमज़ोर पड़ता है तो कमज़ोरियों पर जीत भी हासिल करता है।

अनुराग कुछ देर तक मीरा की ओर देखता रहा, इस उम्मीद में कि वो उसकी ओर देखेगी और वो उससे बात करने की हिम्मत जुटा पाएगा। लेकिन मीरा लगातार खिड़की के बाहर देख रही थी। अनुराग ने बहुत कोशिश की उसके पास जाकर उससे बात करने की पर वो बात नहीं कर पाया। उसके पैर जैसे एक जगह जम से गए थे। उसे तो ये तक पता नहीं था कि आख़िर मीरा से कहेगा क्या? हर मुश्किल से लड़ने वाला इनसान अब पूरी तरह से हार चुका था। ये शायद उसके गुनाहों की पहली सज़ा थी कि वो अपनी सगी बहन से आँख तक नहीं मिला पा रहा था, उससे कुछ कह पाना तो बहुत दूर की बात थी।

वहाँ से उठकर वो अस्पताल के बाहर चला गया। उसे पता था कि मीरा अभी बहुत ग़ुस्से में है और इस वक़्त उससे बात नहीं करेगी। पर मीरा के जज़्बात को एक शब्द में बाँधना कहाँ तक जायज़ था?

**मीरा** और श्लोक जब शादी के पहले मिला करते थे, और जब मीरा उसे थोड़ा-थोड़ा जानने लगी थी, तब उसे लगा था कि अगर किसी लड़की को श्लोक जैसा जीवनसाथी मिल जाए, तो वो लड़की न सिर्फ़ ख़ुश रहेगी बल्कि उसे अपनी ज़िन्दगी अपने हिसाब से जीने की पूरी आज़ादी भी होगी। साथ ही श्लोक एक ऐसा शख़्स था जिससे किसी भी वक़्त मुश्किल-से-मुश्किल बात की जा सकती थी; आम तौर पर लोग रिश्तों में

ऐसी बातें करने से कतराते हैं, इस डर से कि शायद इससे रिश्तों में दरारें आ जाएँगी। लेकिन, अब जब उसे श्लोक की सच्चाई का पता चल गया था, उसे लगा कि श्लोक के बारे में उसकी राय पूरी तरह से ग़लत थी। एक झटके में श्लोक के साथ बिताए हुए तमाम पल, नोक-झोंक सब झूठ में बदल गया। कैसे वो श्लोक के इस छल को नहीं भाँप पाई? क्या वो उसके प्रेम में इतनी अन्धी थी कि उसे कुछ भी दिखाई-सुनाई नहीं दिया?

**मीरा** वेटिंग रूम से निकली और अस्पताल के रिसेप्शन पर पूछताछ के लिए पहुँची। सामने बैठी महिला ने उसे नमस्कार किया।

"नमस्कार। क्या आप मुझे बता सकती हैं कि कौन से डॉक्टर श्लोक सिंह का इलाज कर रहे हैं?"

"आप मरीज़ की क्या लगती हैं?" रिसेप्शन पर बैठी महिला ने पूछा।

"मैं उनकी..." इतना कहकर मीरा रुक गई। उसके अन्दर एक बिजली सी कौंध गई। इसके पहले उसे अपने आप को श्लोक की पत्नी कहने में कभी शर्म नहीं आई थी। लेकिन आज...!

"मैं उनकी पत्नी हूँ," किसी तरह मीरा ने हकलाते हुए, ये चार शब्द अपनी ज़ुबान से निकाले।

"एक मिनट। मैं चेक करके आपको बताती हूँ," महिला ने कहा।

"डॉक्टर सेन आपके पति का इलाज कर रहे हैं। आप यहाँ से सीधा चले जाइए और फिर दाहिने मुड़ जाइए, उनका चेम्बर वहीं है।"

"धन्यवाद," मीरा ये कहकर डॉक्टर सेन से मिलने चली गई।

मीरा ने डॉक्टर सेन के चेम्बर का दरवाज़ा खटखटाया, "क्या मैं अन्दर आ सकती हूँ?"

"आ जाइए।"

"नमस्कार डॉक्टर साब। मेरा नाम मीरा सिंह है और मैं...श्लोक सिंह की पत्नी हूँ। कैसी है उनकी हालत अब?"

"आप बैठ जाइए पहले," डॉक्टर ने कहा और सामने रखी फ़ाइल उठाकर देखने लगे। शायद वो श्लोक की ही मेडिकल रिपोर्ट थी।

"काफ़ी ख़ून बह जाने की वजह से उनकी हालत अभी भी गम्भीर है। अभी तक हमने दो बोतल ख़ून चढ़ाया है। कल सुबह दो बोतल ख़ून और चढ़ेगा।" डॉक्टर की आँखें फ़ाइल पर गड़ी रहीं।

"क्या मैं उन्हें देख सकती हूँ?"

"नहीं, अभी तो नहीं। वो अभी आई.सी.यू. में हैं। मैं कल सुबह आठ बजे उनकी जाँच करूँगा। आप अभी घर जाइए और कल सुबह आठ-साढ़े आठ बजे आ जाइए," डॉक्टर ने फ़ाइल बन्द करते हुए कहा।

"जी, ठीक है। उन्हें होश आ तो जाएगा ना?" मीरा ने अपनी कुर्सी से उठते हुए डॉक्टर से पूछा।

"चिन्ता मत करिए, हम पूरी कोशिश कर रहे हैं कि वो जल्द से जल्द होश में आ जाएँ और आप उन्हें घर ले जा सकें," डॉक्टर ने दिलासा देते हुए कहा।

"कौन सा घर?" अन्तर्मन से एक सवाल ने चीख़कर उसका ध्यान भटका दिया।

मीरा को ऐसे घबराया देख, डॉक्टर ने फिर दिलासा देते हुए कहा, "सब ठीक हो जाएगा, हौसला रखिए।"

'क्या सच में सब कुछ ठीक हो जाएगा?'

मीरा वापस वेटिंग रूम चली आई। उसने चारों ओर नज़र दौड़ाई, अनुराग वहाँ नहीं था। अस्पताल का वेटिंग रूम और हर तरफ़ अपनों की

फ़िक्र में सूखे-मुरझाए चेहरे; जैसे दीवारों के उजले रंग में उम्मीद तलाश रहे हों। छत पर टँगे पंखों की आवाज़, आते-जाते लोगों का शोर, लॉबी में मरीज़ों को लाने-ले जाने का सिलसिला और ख़ामोश लोग। दम घुटने लगा था उसका।

चारों ओर फैले अवसाद और उम्मीद के बीच की जद्दोजहद को मीरा सहन नहीं कर पा रही थी। वह उठी और टहलने के लिए अस्पताल के बाहर निकल आई। बाहर हल्की बारिश हो रही थी। वैसे तो पहाड़ों की बारिश अलग होती है; बारिश की बूँदें जब पत्तों पर पड़ती हैं, तो उनका रंग ख़ूब निखरकर खिलता है। पत्तों का ये ख़ुशमिज़ाज रंग कभी शहरों में देखने को नहीं मिलता। लेकिन आज इस बारिश में सब कुछ बदसूरत नज़र आ रहा था उसे—ये आसमान और ऊँचे-ऊँचे पर्वत, पेड़ और उनके पत्ते; सब कुछ जैसे नीरस और बेज़ार। आज इन फ़िज़ाओं में कोई रूमानियत नहीं थी।

अनुराग सामने चाय की टपरी पर बैठा था। एक बार तो मीरा ने सोचा कि उसे नज़रअन्दाज़ कर दे, लेकिन फिर, वो इतनी पत्थर दिल भी नहीं हुई थी अब तक। किसी से नफ़रत करने में भी इनसान को थोड़ा वक़्त तो लगता ही है।

वो अनुराग के पास गई, "क्या तुम्हें भी भूख नहीं लगी?"

"लगी तो है, पर कुछ खाने का मन नहीं," अनुराग की आवाज़ जैसे बैठी जा रही थी।

"चलो उठो। कुछ खा लेते हैं," मीरा ने आदेश देते हुए कहा।

अस्पताल के गेट के ठीक सामने, सड़क के उस पार एक छोटा सा कैफ़े था। उन दोनों ने तय किया कि वहीं कुछ हल्का-फुल्का खा लेते हैं। ऐसे वक़्त में अस्पताल से ज़्यादा दूर न जाना ही ठीक होगा। अनुराग

ने वेटर को आवाज़ दी और मेन्यू कार्ड लाने को कहा। वेटर मेन्यू कार्ड लेकर तुरन्त हाज़िर हो गया।

"आधे घंटे में कैफ़े बन्द हो जाएगा। आपको जो ऑर्डर करना है, जल्दी कीजिए।"

"ज़रूर," अनुराग ने कहा।

मीरा ने अपने लिए एक सैंडविच मँगवाई और अनुराग ने नूडल्स। कैफ़े में उस वक़्त उन दोनों के अलावा और कोई ग्राहक नहीं था। जिस आदमी ने ऑर्डर लिया, वही रसोई में ऑर्डर की तैयारी करने चला गया। कैफ़े में मद्धिम रोशनी में एक अजीब-सी ख़ामोशी तैर रही थी; कहने-सुनने को अब शायद कुछ भी बचा नहीं था। ख़ामोशी की इस दीवार को फाँदने की हिम्मत न अनुराग में थी और न ही मीरा में। भाई-बहन के प्यार की बरसों पुरानी लौ जैसे बुझने लगी थी। ये तूफ़ान, सब कुछ ख़त्म करके ही दम लेने वाला था।

कैफ़े के एक कोने में एक छोटा सा बुकशेल्फ़ था। मीरा उठी और किताबें देखने लगी। दो-चार मिनट वहाँ सारी किताबें देखने के बाद उसने वहाँ से सिमोन द बोउवार की 'शी केम टू स्टे' उठाई और वापस टेबल पर लौट गई। उसने किताब के बीच से एक पन्ना खोला और पढ़ने लगी। मीरा ने ये किताब कई बार पढ़ी थी, इसलिए उसे यह किताब पढ़नी नहीं थी। वो बस अपने आप को किसी और चीज़ में व्यस्त रखना चाहती थी, ताकि उसे अनुराग से बात न करनी पड़े। पर उसका ध्यान पढ़ने में नहीं लगा, वो तह-ब-तह बस किताब के पन्नों को पलटती रही। थोड़ी देर में खाना आ गया। दोनों चुपचाप खाना खाने लगे; जैसे दो अजनबी एक ही टेबल पर बैठकर खा रहे हों। अनुराग ने वेटर को दोबारा बुलाया, "एक ब्लैक कॉफ़ी ले आओ मेरे लिए। स्ट्रांग बनाना।"

उसने फिर मीरा से कॉफ़ी या चाय के लिए पूछा। लेकिन मीरा ने मना कर दिया। वेटर वहाँ से चला गया। थोड़ी देर बाद वो अनुराग की कॉफ़ी और बिल साथ में लेकर आया। ये संकेत था कि कैफ़े बन्द होने का समय हो गया है। इससे पहले कि अनुराग अपना बटुआ निकालता, मीरा ने वेटर को बिल के पूरे पैसे दे दिए और बिना कुछ कहे ही कैफ़े से चली गई। अनुराग हतप्रभ रह गया, पर उसने मीरा को आवाज़ नहीं दी। वो वहीं बैठा रहा और कॉफ़ी पीने लगा। कॉफ़ी पीने के बाद जब वो अस्पताल पहुँचा, तो मीरा को वेटिंग रूम में बैठा हुआ पाया। वो अब भी खिड़की के बाहर देख रही थी; शायद अपना खोया हुआ कुछ ढूँढ़ रही थी।

अनुराग की आँखें अब भी भारी थीं, नींद आज बिन बुलाए ही उसकी आँखों पे दस्तक दे रही थी। उसने सोचा था कॉफ़ी पीने से फ़ायदा होगा, लेकिन नहीं... अजीब विडम्बना है, जब वो सोना चाहता है तो उसे नींद नहीं आती, और आज...

वो सीधा बाथरूम चला गया और देर तक अपनी आँखों पर ठंडे पानी के छींटे मारता रहा। नींद से भरी आँखें, पानी के छपाकों से और लाल हो गईं। बाथरूम से लौटा तो देखा कि मीरा बैठे-बैठे ही सो गई थी। हिम्मत करके, वो मीरा के पास वाली कुर्सी पर जाकर बैठ गया। उसकी दाईं कोहनी और घुटने में बहुत दर्द हो रहा था। शायद उसे एक्स-रे करा लेना चाहिए। कहीं बाद में पता चले कि फ्रैक्चर है। इस वक़्त उसका स्वस्थ रहना बहुत ज़रूरी था; श्लोक के लिए, और उससे कहीं ज़्यादा मीरा के लिए।

अनुराग वहाँ बैठा कभी घड़ी की ओर देखता, कभी खिड़की के बाहर तो कभी मीरा को। उस वक़्त वेटिंग रूम में उन दोनों के अलावा और कोई नहीं था। रात के ग्यारह बज रहे थे और वेटिंग रूम में एक

दमघोंटू सन्नाटा फैला हुआ था। लग रहा था जैसे रात कब की बीत चुकी है। बाहर अब भी हल्की बारिश हो रही थी, जितना अँधेरा अस्पताल के बाहर था, उतना ही अनुराग के मन में भी।

मीरा ठंड से ठिठुर रही थी। जल्दीबाज़ी में वो बिना गरम कपड़ों के ही पहाड़ों पर आ गई थी। अनुराग ने अपना जैकेट उतारकर उसे ओढ़ा दिया। मीरा इतनी गहरी नींद में थी कि उसे पता भी नहीं चला। वैसे तो मीरा की नींद बहुत कच्ची थी, थोड़ी सी आहट पर उसकी नींद टूट जाती थी, लेकिन आज उसकी देह बहुत थकी हुई थी और शायद उसका दिमाग़ भी। वहाँ बैठे-बैठे अनुराग की भी आँख लग गई।

अनुराग की आँख खुली तो सुबह के चार बज रहे थे। अनुराग अपनी जगह से उठा और मुँह धोने बाथरूम की ओर चला गया। मीरा अब भी गहरी नींद में सो रही थी।

पहाड़ों पर दिनचर्या अब तक शुरू नहीं हुई थी। सड़क किनारे सो रहे कुत्तों के अलावा वहाँ बस अनुराग था। वो वहीं अस्पताल के बाहर की रेलिंग पर बैठ गया और एक सिगरेट सुलगाई। उसने तय किया कि सुबह होने तक वहीं बैठा रहेगा। वो देखना चाहता था कि सूर्योदय होने पर बीते कल की काली रात छँटती है या नहीं।

पूर्णिमा का चाँद धौलाधार के पहाड़ों पर चारों ओर छितराया हुआ था। दूर कहीं बहुत ऊँचाई पर एक घर से बल्ब की रोशनी जगमगा रही थी। अनुराग कभी चाँद को देखता तो कभी दूर उस घर में जलते बल्ब को; या तो वो बल्ब रात भर से जल रहा था या फिर उस घर के लोग भोर के वक़्त जल्दी जागने के आदी थे। कुछ देर बाद, वहाँ कुछ धुआँ सा उठा, शायद चूल्हा जलाया था किसी ने।

कुछ बौद्ध-भिक्षु वहाँ से गुज़र रहे थे, शायद वो दलाई लामा मोनेस्ट्री

की ओर जा रहे थे। उनमें से एक बूढ़ा भिक्षु अनुराग को देखकर रुक गया कि यह आदमी इतनी सुबह सड़क के किनारे क्यों बैठा हुआ है?

"Are you alright?" (क्या तुम ठीक हो?), भिक्षु की आँखें अनुराग पर गड़ी हुई थीं। उनकी आवाज़ में बुद्ध की स्थिरता और सौम्य था।

"No, I am afraid not. My friend is in the ICU, fighting life and death. And I am not able to do anything, other than praying for him." (नहीं, कुछ भी ठीक नहीं। मेरा दोस्त आई.सी.यू. में ज़िन्दगी और मौत से लड़ रहा है और मैं उसके लिए सिवाय प्रार्थना के और कुछ नहीं कर पा रहा हूँ) अनुराग की आँखें ज़मीन पर गड़ी हुई थीं।

भिक्षु अनुराग के बग़ल में बैठ गया और अपने हाथ उसके कन्धे पर रखकर बोला, "You are praying. That's all you can do. Don't underestimate the power of prayer." (तुम प्रार्थना कर रहे हो, ये क्या कम है। प्रार्थना की शक्ति को कम मत समझो), इतना कहकर उसने अनुराग के सर पर हाथ फेरा और आगे बढ़ गया।

**अस्पताल** के गेट से अन्दर आते ही दाईं ओर जो पार्क था, उसने थोड़ी देर वहीं बैठने का निर्णय लिया। सूरज निकल चुका था। पीली धूप में घास पर बिछी पिछली रात की बारिश की बूँदें ऐसी लग रही थीं जैसे किसी ने घास पर मोती बिखेर दिए हों। अस्पताल के सफ़ाईकर्मी हाथ में झाड़ू लिये अपने-अपने काम में जुट गए थे। कैसे उजाला फूटते ही सब अपने-अपने कामों में जुट जाते हैं; प्रकृति से लेकर इनसान तक, हर किसी को अपनी दिनचर्या पता होती है।

यातना एक यात्रा है; एक ऐसी यात्रा जो हमें जीवन में बार-बार करनी पड़ती है। और इस वक़्त अनुराग को इस यात्रा से थोड़ी फ़ुर्सत मिली

थी, शायद सुस्ताने के लिए। अनुराग का मन वहाँ से उठने का बिलकुल भी नहीं कर रहा था, लेकिन, शायद अब उसे अस्पताल के अन्दर चले जाना चाहिए। साढ़े सात बज चुके थे और आठ बजे डॉक्टर सेन श्लोक की जाँच करने वाले थे। वेटिंग रूम में जाकर मीरा को भी जगाना था।

अनुराग सीधा वेटिंग रूम की ओर चल पड़ा। मीरा अब भी सो रही थी। वो वहाँ जाकर उसके पास बैठ गया और मीरा के कन्धे से थोड़ा सरक गए जैकेट को उसे फिर से ओढ़ाने लगा। मीरा की नींद टूट गई। उसने अपने ऊपर से अनुराग का जैकेट हटाया और उसे वापस लौटा दिया। दीवार पर टँगी घड़ी का मार्मिक-कटु-स्वर वेटिंग रूम में गूँज रहा था, आठ बजने में पाँच मिनट बाक़ी थे।

मीरा और अनुराग दोनों अपनी-अपनी जगह से उठे और डॉक्टर सेन के चेम्बर की ओर चल पड़े। डॉक्टर सेन अपने चेम्बर में नहीं थे, शायद वो श्लोक की जाँच करने जा चुके थे। वो दोनों उनके चेम्बर के बाहर ही उनका इंतज़ार करने लगे।

मीरा की तंत्रिकाएँ बर्फ़ सी ठंडी थीं और शरीर इतना ठंडा जैसे बर्फ़ की सिल्ली—वो आँखें बन्द करके प्रार्थना कर रही थी। भले ही श्लोक को अब उससे प्यार न रहा हो, पर उसे तो उससे प्यार था। पहले से वो प्यार कमज़ोर ज़रूर पड़ गया था, लेकिन वो अब तक पूरी तरह से मरा नहीं था। नारी का मन कितना भी चोटिल क्यों न हो जाए, वो प्रेम करना नहीं भूलती।

सदियों से चली आ रही पितृसत्ता ने आदमियों को दया, करुणा और प्रेम जैसे भावों से वर्जित रखा। वो औरत के साथ बेटा, पति और बाप बनकर रहा तो ज़रूर, लेकिन उससे प्रेम करना नहीं सीख पाया। पुरुष सब कुछ बन पाया, बस सही मायनों में प्रेमी नहीं बन पाया।

उधर अनुराग की रगों का ख़ून जैसे जमने सा लगा था। उसका चेहरा पत्थर सा बन गया था और आँखें थकावट और न सोने की वजह से लाल। उसका रोम-रोम बस ये प्रार्थना कर रहा था कि श्लोक को जल्द-से-जल्द होश आ जाए, और वो उसे सारी बातें बता पाए। उसे बता पाए कि उसे श्लोक की कितनी ज़रूरत थी।

पन्द्रह मिनट बाद डॉक्टर सेन श्लोक का परीक्षण करके वापस लौटे। उनके चेहरे पर शिकन थी। दोनों डॉक्टर को देखकर खड़े हो गए।

"मिस्टर सिंह की हालत पहले से नाज़ुक हो गई है," डॉक्टर सेन ने मीरा की ओर देखते हुए कहा।

इसके पहले कि मीरा या अनुराग कुछ कहते, डॉक्टर सेन ने अपनी बात आगे बढ़ाई, "लेकिन हम पूरी कोशिश कर रहे हैं कि वो जल्द-से-जल्द होश में आ जाएँ। आप लोग चिन्ता मत कीजिए, सब ठीक हो जाएगा।

"आप मेरे साथ आइए, मुझे आपसे कुछ बात करनी है," डॉक्टर ने अनुराग की ओर देखते हुए कहा।

"जी, डॉक्टर साब," अनुराग डॉक्टर के पीछे-पीछे उनके चेम्बर में दाख़िल हुआ।

"जैसा कि मैंने आपको बताया था कि हमें दो बोतल ख़ून की और ज़रूरत पड़ेगी, उसके लिए मैंने लोकल ब्लड बैंक में इत्तला कर दी है। आशा है जल्द ही वहाँ से इंतज़ाम हो जाएगा," डॉक्टर ने अपनी मेज़ पर कुछ फ़ाइलों को देखते हुए कहा।

"मेरा और श्लोक का एक ही ब्लड ग्रुप है, आप मेरा ख़ून ले सकते हैं," अनुराग ने झट से अपना दाहिना हाथ आगे बढ़ा दिया।

"आपको तो चोट लगी हुई है और आप रात भर सोए भी नहीं हैं।

ऐसे में मैं आपको ख़ून देने की सलाह नहीं दूँगा," डॉक्टर ने अपने सामने रखी फ़ाइल में कुछ लिखते हुए कहा।

"मुझे कुछ नहीं होगा। आप नर्स को बुलाइए," अनुराग ने दृढ़ता से कहा।

"जैसा आप कहें," डॉक्टर ने मेज़ पर रखी बेल बजाई।

नर्स को कमरे के अन्दर जाता देख, मीरा भी डॉक्टर के चेम्बर में दाख़िल हो गई।

"क्या हुआ डॉक्टर साब, ऐसी क्या बात है जो आप सिर्फ़ अनुराग को ही बता सकते हैं, मरीज़ की पत्नी को नहीं?" मीरा की बात जायज़ थी। अपने पति की हालत के बारे में जानने का सबसे पहला हक़ उसी का था।

"हमें दो बोतल ख़ून की और ज़रूरत है। बस यही बात मैं अनुराग जी को बता रहा था। अनुराग जी अपना रक्तदान कर रहे हैं, इसलिए मैंने नर्स को अभी बुलवाया है," डॉक्टर ने कहा।

"मेरा ब्लड ग्रुप भी श्लोक से मिलता है। आप मेरा भी ख़ून ले सकते हैं," मीरा की आँखें डॉक्टर सेन पर गड़ी हुई थीं।

"मिसेज़ सिंह, आप वैसे भी बहुत तनाव में हैं, और ऐसे में मैं आपको ख़ून देने की इजाज़त नहीं दे सकता," डॉक्टर ने कहा।

मीरा ने बिना ज़िद किए डॉक्टर सेन की बात मान ली और उनके चेम्बर से बाहर निकल आई।

"डॉक्टर साब, मैं मीरा को किसी होटल में चेक-इन करवाकर आता हूँ," अनुराग ने कहा।

डॉक्टर ने हामी भरी। अनुराग डॉक्टर से इजाज़त लेकर उनके चेम्बर से बाहर निकल आया।

मीरा चेम्बर के बाहर ही कुर्सी पर बैठी हुई थी। अनुराग ने मीरा का

हाथ पकड़ा, उसका हाथ बर्फ़ की तरह ठंडा था, "चलो, मैं तुम्हारे लिए एक अच्छे होटल का इंतज़ाम कर देता हूँ। तुम्हें आराम करना चाहिए। मैं नहीं चाहता कि तुम बीमार पड़ जाओ। तुम्हारी नाराज़गी जायज़ है और तुम मुझे जो सज़ा दोगी, वो मुझे मंज़ूर होगी, लेकिन इस वक़्त, मेरी बात मान लो। हमें इस परिस्थिति का मिलकर सामना करना है। प्लीज़," अनुराग ने इल्तिजा की।

मीरा ने कुछ नहीं कहा और चुपचाप अनुराग के साथ चल पड़ी। अनुराग के स्पर्श में मीरा के भाई होने का बोध था, वो उसे और कोई तकलीफ़ नहीं देना चाहता था। मीरा बुत की तरह उसका हाथ पकड़े चुपचाप चली जा रही थी। अस्पताल से सौ मीटर पर एक छोटा सा गेस्ट हाउस था। अनुराग ने वहाँ मीरा के लिए एक कमरा ले लिया। कमरे की चाबी लेकर वो मीरा को उसके कमरे तक छोड़ आया, "तुम थोड़ी देर आराम कर लो। मैं एक-दो घंटे में तुम्हें जगा दूँगा।"

मीरा ने कुछ नहीं कहा और कमरे का दरवाज़ा बन्द कर लिया। अनुराग वहीं दरवाज़े के बाहर कुछ देर तक खड़ा रहा, इस उम्मीद में कि शायद मीरा दरवाज़ा खोलेगी और उसे गले से लगा लेगी। लेकिन दरवाज़े के उस पार कोई आहट नहीं हुई।

'सब ठीक हो जाएगा...सब ठीक हो जाएगा,' अनुराग मन ही मन ये बुदबुदाता हुआ वहाँ से अस्पताल की ओर चल पड़ा। लेकिन क्या वाक़ई में सब कुछ ठीक हो जाएगा? पहले जैसा?

**मीरा** ने अपने कमरे को एक नज़र देखा; छोटा सा कमरा था, कमरे की एक ओर की दीवार में एक बड़ी सी खिड़की थी, जिस पर आसमानी रंग के परदे टँगे हुए थे। परदे से पीले रंग की धूप कमरे के अन्दर झाँक रही

थी। बाहर नीम और बबूल के पेड़ थे; उनकी टहनियाँ हवा के झोंकों के साथ नृत्य कर रही थीं, संगीत का भार चिड़ियों ने उठा रखा था; वो हवा के झोंकों के साथ ताल मिलाकर गा रही थीं। बाहर सब कुछ जितना मनोरम था, अन्दर उतना ही बेरस और बेसुर। मीरा बिस्तर पर लेट तो गई, लेकिन उसे नींद नहीं आ रही थी। वो बिस्तर पर कभी इस करवट तो कभी उस करवट, खिड़की के बाहर देख रही थी। श्लोक का झूठ मीरा के मन पर तेज़ आँच सा दहकने लगा था। 'तुम अपने आप को इस आग में झुलसने नहीं दे सकती। अपना बचाव तुम्हें ख़ुद ही करना होगा', अन्दर से एक स्वर ने उसे चेतावनी देते हुआ कहा।

मीरा को गेस्ट हाउस छोड़ने के बाद, अनुराग अस्पताल गया और नर्स को अपना ब्लड सैम्पल दे दिया।

रक्त देने के बाद, नर्स ने उसे दो केले और जूस का कैन दिया। साथ ये भी कहा कि अगर वो सिगरेट पीता है, तो अगले तीन-चार घंटे न पिये। अनुराग ने एक आज्ञाकारी बच्चे की तरह नर्स की बातें सुनीं और अस्पताल के बाहर आकर पार्क में बैठ गया। उसे कुछ भी खाने-पीने का मन नहीं कर रहा था, लेकिन, किसी तरह दोनों केले खाए और जूस पी लिया।

पहाड़ों पर ज़िन्दगी धीरे-धीरे शुरू होने लगी थी, दुकानें और कैफ़े खुलने लगे थे। टूरिस्ट हाथों में कैमरा लिये निकल पड़े थे। स्थानीय लोग अपने-अपने काम पर जाने लगे थे।

सुबह होते ही सब कुछ कैसे नियम अनुसार चलने लगता है, ठीक वैसे ही जैसे खिलौने में चाबी भरने के बाद वो चलने लगता है। हम इनसान भी तो खिलौने मात्र ही हैं, जिसकी चाबी शायद ऊपर वाले के हाथ...

अनुराग की ज़िन्दगी लेकिन वहीं ठहरी हुई थी, जहाँ कल रात थी;

उसमें कोई तब्दीली नहीं आई थी। न जाने कितने दिन, महीने और साल लगेंगे सुबह होने में। चाबी वाला जाने, अगर वो कहीं है तो।

अस्पताल के पार्क की बेंच पर बैठा वो अस्पताल की इमारत को ग़ौर से देख रहा था। क्या इस इमारत का कोई एक निर्धारित चेहरा हो सकता है? कभी यहाँ से कोई नवजात शिशु अपने माता-पिता के साथ एक नई ज़िन्दगी में क़दम रखता है, तो कभी चार कन्धों पर किसी की आख़िरी यात्रा निकलती है। कभी यहाँ से कोई अपनी बीमारी से निजात पाकर अपने घर लौटता है, तो कभी कोई अपनी बीमारी लिये-लिये इस इमारत से विदा हो जाता है। नहीं-नहीं, इस इमारत का कोई निर्धारित चेहरा हो ही नहीं सकता, ये सम्भव ही नहीं था।

इस इमारत पर पड़ती सुबह की इस धूप को, क्या दो भागों में बाँटा जा सकता था—आधा टुकड़ा सुख का और आधा दुख का? ये जो पेड़ों के पत्तों से छनकर धूप का एक टुकड़ा बेंच पर उसके पास आकर ठहर गया था, हो न हो ये दुख का टुकड़ा था। और सामने उस खेलते हुए बच्चे के चेहरे पर जो पीले रंग की धूप आकर रुक गई थी, हो न हो वो सुख की धूप थी। सुख और दुख की धूप के बीच, कहीं-कहीं पर पिछली रात की बारिश की बूँदें अब भी टिकी हुई थीं। इन बूँदों को सुख और दुख के बीच बाँट पाना मुश्किल था।

**एक** घंटे वहाँ बैठने के बाद वो वापस अस्पताल गया और डॉक्टर सेन के चेम्बर का दरवाज़ा खटखटाया, "कम इन," अन्दर से आवाज़ आई।

अनुराग कमरे के अन्दर दाख़िल हुआ। उसे देखते ही डॉक्टर ने कहा, "अच्छा हुआ आप आ गए।"

"क्या बात है डॉक्टर साब, सब ठीक तो है?"

"नहीं," इतना कहकर डॉक्टर सेन रुक गए।

"मिस्टर सिंह की हालत पहले से ज़्यादा नाज़ुक हो गई है। मैंने दिल्ली से एक स्पेशलिस्ट बुलवाया है," डॉक्टर ने फ़ाइल पर नज़रें जमाए हुए अपनी बात पूरी की।

"क्या हमें श्लोक को दिल्ली के किसी अस्पताल में शिफ़्ट कर देना चाहिए?" अनुराग ने चिन्तापूर्वक पूछा।

"अभी उनकी हालत सफ़र करने लायक़ नहीं, पर हाँ, अगर उनकी हालत में थोड़ा-सा भी सुधार आया, तो हम उन्हें शिफ़्ट कर सकते हैं।"

अनुराग ने डॉक्टर को धन्यवाद दिया और वहाँ से निकल गया। अब सवाल ये था कि उसे ये ख़बर मीरा को देनी चाहिए या नहीं? वो फिर से सवालों में घिरने लगा था। अपने मन में तरह-तरह के संवाद गढ़ने लगा था कि आख़िर मीरा को ये ख़बर कैसे दे? सोचते-सोचते अनुराग अस्पताल के बाहर आ गया। उसका दिमाग़ काम नहीं कर रहा था। उसने एक सिगरेट सुलगाई। हालाँकि नर्स ने उसे सिगरेट पीने से मना किया था।

सिगरेट पीते हुए भी उसके मन में एक ही सवाल बार-बार आ रहा था, 'अगर श्लोक को कुछ हो गया तो...'

**उसे** अपनी ज़िन्दगी छिन्न-भिन्न, उजाड़ और दिशाहीन लगने लगी थी। क्या था उसका अपराध—बस इतना ही न कि वो समलैंगिक था। पर कैसे कोई किसी के पूरे जीवन को इस एक शब्द में बाँध सकता है? क्या उसकी और कोई पहचान नहीं थी? कोई और वजूद नहीं था?

## 2

**अनुराग** गेस्ट हाउस की ओर बढ़ा। वह मीरा के कमरे के बाहर कुछ देर यूँ ही खड़ा रहा। दरवाज़ा खटखटाने की हिम्मत जुटाता रहा। उसका बस चलता तो वापस लौट जाता, लेकिन...

किसी तरह उसने काँपते हाथों से दरवाज़े पर दस्तक दी। मीरा ने जैसे ही दरवाज़ा खोला, अनुराग उसके क़दमों में गिर गया और फूट-फूटकर रोने लगा। वो कुछ बोलने की कोशिश कर रहा था, लेकिन उसकी ज़ुबान से एक भी शब्द नहीं फूटा। वो मीरा का हाथ पकड़कर रोता रहा।

मीरा ने अनुराग को इस हालत में इसके पहले कभी नहीं देखा था। इतना कमज़ोर तो वो तब भी नहीं पड़ा था जब उन दोनों के माता-पिता एक कार दुर्घटना में गुज़र गए थे।

अनुराग इतना टूट कैसे गया? क्या उसका दर्द मीरा के दर्द से ज़्यादा था? या उसका प्यार मीरा के प्यार से गहरा? पति-पत्नी के प्यार से भी गहरा कोई प्यार होता है भला। अनुराग तो मीरा के आगे जी-भर के रो लिया, कराह लिया, लेकिन मीरा किसके सामने जाकर रोए? किसके

सामने जाकर कराहे? जिन दो लोगों के सामने जाकर वो ऐसा कर सकती थी, उन दोनों ने ही तो...

मीरा ने उसे पानी पिलाया, "शान्त हो जाओ।" वह सोफ़े पर उसके पास बैठ गई। कमरे में ख़ामोशी का जैसे एक पूरा-का-पूरा शहर बस चुका था, और इस शहर में बसे हुए थे दो अजनबी, जो अपनी-अपनी खोई हुई ज़मीन तलाश रहे थे। अनुराग मीरा से कहने के लिए, जितनी बातें सोचकर आया था, वो सब धरी-की-धरी रह गईं। उसने अपने मन में बातों का जो क्रम तय किया था, वो वक़्त के अनुवाद में गुम हो चुका था।

**वो** इसी उधेड़बुन में खोया हुआ था कि अचानक उसका फ़ोन बजा। उसने बिना नम्बर देखे ही जल्दी से फ़ोन उठा लिया।

"हेलो, मैं डॉक्टर सेन बोल रहा हूँ। आप और मीरा जी तुरन्त अस्पताल आ जाइए।"

"सब ठीक तो है न डॉक्टर?" अनुराग ने चिन्तित स्वर में पूछा।

"आप पहले यहाँ आ जाइए," डॉक्टर सेन ने जवाब दिया और फ़ोन रख दिया।

मीरा जान चुकी थी कि तुरन्त ही अस्पताल के लिए निकलना होगा। वो अपना बैग उठाकर चलने के लिए तैयार हो गई। दोनों अस्पताल पहुँचते ही सीधा डॉक्टर सेन के चेम्बर में दाख़िल हुए।

"क्या बात है डॉक्टर साहब, श्लोक ठीक तो है?" मीरा ने घबराते हुए पूछा।

"मुझे अफ़सोस है कि उनकी हालत पहले से थोड़ी और बिगड़ गई है," डॉक्टर ने श्लोक की रिपोर्ट फ़ाइल देखते हुए कहा।

"पर आपने तो कहा था कि दिल्ली से अपने किसी विशेषज्ञ

को बुलवाया था?" अनुराग ने कहा। उसकी आवाज़ में चिन्ता थी, घबराहट थी।

"हाँ, वो अब किसी भी वक़्त पहुँच सकते हैं। जैसे ही वो आते हैं, हम लोग उनकी जाँच एक बार और करेंगे। तब तक आप दोनों वेटिंग रूम में इंतज़ार करिए," डॉक्टर सेन ने फ़ाइल अपनी मेज़ पर रखते हुए कहा।

"धन्यवाद डॉक्टर साब," दोनों ने एक स्वर में कहा और डॉक्टर के चेम्बर से निकल आए। श्लोक की हालत में कोई सुधार न होने की वजह से मीरा और अनुराग दोनों बहुत घबरा गए थे।

**दोनों** वेटिंग रूम में इंतज़ार करने लगे। इस बार वो दोनों आसपास ही बैठे थे, लेकिन, उनके बीच की ख़ामोशी साये की तरह उनके पीछे लगी हुई थी। उनके बीच की इस ख़ामोशी ने यहाँ अस्पताल के वेटिंग रूम में एक ऐसा कमरा बना लिया था, जिसकी दीवारें, छत, खिड़कियाँ और दरवाज़े—सब-के-सब लोहे के थे। और इन खिड़की-दरवाज़ों को खोलने की हिम्मत न मीरा में थी और न ही अनुराग में। क्या श्लोक होश में आने के बाद लोहे का ये चक्रव्यूह तोड़ पाएगा? अस्पताल के वेटिंग रूम की घड़ी तपते रेगिस्तान में ऊँट की तरह चल रही थी, धीरे, बहुत धीरे। जैसे-जैसे वक़्त बीतता जाता, मीरा और अनुराग की चिन्ता बढ़ती जाती। न डॉक्टर सेन ने अब तक कोई ख़बर भिजवाई थी और न ही उन्हें ये मालूम चल पा रहा था कि दिल्ली से आने वाले डॉक्टर अब तक आए या नहीं। अनुराग की नज़र घड़ी पर गई, बारह बज रहे थे। इतने में एक नर्स आई, "आप दोनों को डॉक्टर सेन ने अपने चेम्बर में बुलाया है।"

दोनों अपनी-अपनी जगह से उठे, नर्स को धन्यवाद कहा और

डॉक्टर सेन के चेम्बर की ओर बढ़े। अनुराग ने दरवाज़ा खटखटाया, "कम इन," डॉक्टर की आवाज़ आई।

दोनों कमरे में दाख़िल हुए। वहाँ एक सज्जन और मौजूद थे। अनुराग ने सोचा, हो न हो, यही दिल्ली वाले डॉक्टर होंगे। दूसरे सज्जन डॉक्टर सेन के दाहिनी तरफ़, एक कुर्सी पर बैठे हुए थे और कोई फ़ाइल पढ़ रहे थे। अनुराग को लगा, शायद वो श्लोक की ही फ़ाइल थी।

"ये डॉक्टर त्रिपाठी हैं और अभी-अभी दिल्ली से आए हैं। मैंने इन्हीं की बात की थी," डॉक्टर सेन ने कहा। अनुराग का अन्दाज़ा सही निकला। आप दोनों यहीं बैठिए, हम लोग मिस्टर सिंह की जाँच करके आते हैं। इंतज़ार, और इंतज़ार। अस्पताल में इंतज़ार की ये घड़ियाँ काल के मापदंड से कहीं ज़्यादा गहरी होती हैं, और उनसे भी गहरी होती हैं इंतज़ार करने वालों की उत्कंठा।

क़रीब पन्द्रह मिनट बाद डॉक्टर सेन और डॉक्टर त्रिपाठी चेम्बर में दाख़िल हुए। उनके अन्दर आते ही अनुराग ने पूछा, "अब कैसे हैं वो?"

"मिस्टर सिंह पहले से बेहतर हैं," डॉक्टर त्रिपाठी ने जवाब दिया।

"तो क्या हम उनसे मिल सकते हैं?" अनुराग अपनी कुर्सी से खड़ा होने लगा।

"नहीं, उन्हें अभी होश नहीं आया है। लेकिन, उनकी हालत अब पहले जितनी गम्भीर नहीं है," डॉक्टर त्रिपाठी ने खिड़की के पास रखी कुर्सी पर बैठते हुए कहा।

"लेकिन जल्द होश आ तो जाएगा ना?" मीरा ने व्याकुलता से पूछा।

"आशा है जल्द ही," डॉक्टर सेन ने सामने रखी फ़ाइल पर कुछ लिखते हुए कहा।

"वैसे, हम उन्हें दिल्ली शिफ़्ट कर सकते हैं। अगले एक घंटे में उनकी हालत देखकर ही कुछ निर्णय लिया जा सकता है।" डॉ. त्रिपाठी ने कहा।

"अभी साढ़े बारह हो रहे हैं, डेढ़ बजे आप दोनों फिर से यहाँ आ जाइए," डॉक्टर त्रिपाठी ने घड़ी देखते हुए कहा।

दोनों ने डॉक्टर को धन्यवाद दिया और वहाँ से निकल आए। कहते हैं, सब्र का फल मीठा होता है, लेकिन सब्र के उन लम्हों में बेसब्री का क़द, जो निरन्तर बड़ा होता चला जाता है, उसका क्या? मीरा के सब्र का फल क्या होने वाला था—अगर श्लोक अगले एक घंटे में होश में आ भी गया, तो भी क्या वो अपनी मक्कारी को सही साबित कर पाएगा? झूठ की वकालत सच पर परदा तो डाल सकती है, लेकिन सच को झुठला नहीं सकती।

श्लोक की हालत में पहले से सुधार आने की ख़बर से दोनों को थोड़ी राहत तो मिली थी, लेकिन, चिन्ता के बादल अभी पूरी तरह से छँटे नहीं थे।

"तुम कुछ खाओगी?" अनुराग ने मीरा से पूछा।

"नहीं, मुझे भूख नहीं," मीरा वेटिंग रूम की ओर जाने लगी।

"कुछ खा लो। अगर एक घंटे बाद श्लोक को दिल्ली शिफ़्ट करना हुआ तो फिर मौक़ा नहीं मिलेगा। नहीं खाओगी तो तुम्हारी तबीयत बिगड़ जाएगी," अनुराग की फ़िक्र जायज़ थी।

"तुम्हें मेरी इतनी फ़िक्र कब से..." मीरा कहते-कहते रुक गई। जो वो आगे कहना चाहती थी, उन दोनों के बीच की ख़ामोशी में खो गया।

अनुराग कुछ देर तक मीरा के पास वेटिंग रूम में बैठा रहा। अचानक उसे याद आया कि उसे कॉटेज जाकर अपना और श्लोक का सामान लाना होगा और श्लोक की गाड़ी भी वहीं खड़ी है। उसने घड़ी

देखी, बारह बजकर चालीस मिनट। अगर वो अभी निकला तो आधे घंटे में वापस लौट आएगा।

"तुम यहीं बैठो, मैं कॉटेज से चेक-आउट करके आधे घंटे में लौट आऊँगा," कहकर अनुराग वहाँ से रवाना हो गया।

सवा एक बजे अनुराग श्लोक की गाड़ी लेकर वापस ज़ोनल अस्पताल पहुँचा। गाड़ी पार्क करके जब वेटिंग रूम पहुँचा तब मीरा वहाँ नहीं थी। अनुराग सीधा डॉक्टर सेन से मिलने चला गया। मीरा डॉक्टर के चेम्बर के बाहर ही इंतज़ार कर रही थी। ठीक डेढ़ बजे दोनों डॉक्टर सेन के चेम्बर में दाख़िल हुए। इस वक़्त डॉक्टर त्रिपाठी वहाँ मौजूद नहीं थे।

"आइए," इसके पहले कि मीरा या अनुराग कुछ पूछते, डॉक्टर सेन ने कहा, "मिस्टर सिंह की हालत पहले से थोड़ी और सुधरी है। आप लोग अगर चाहें तो हम उन्हें दिल्ली के किसी अस्पताल में शिफ़्ट कर सकते हैं।"

शुक्र है कोई बुरी ख़बर नहीं, अनुराग ने मन ही मन सोचा। श्लोक की हालत में पहले से सुधार था, यह राहत देनेवाली बात थी।

अनुराग चाहता था कि श्लोक को दिल्ली शिफ़्ट करवा दिया जाए। लेकिन, ये फ़ैसला लेने का हक़ सिर्फ़ और सिर्फ़ मीरा को था। उसने मीरा की ओर देखा, "दस घंटे का सफ़र है, डरने की कोई बात तो नहीं?" मीरा ने डॉक्टर सेन से पूछा।

"अगर होती तो मैं ये सुझाव बिलकुल भी नहीं देता। मैंने डॉक्टर त्रिपाठी से बात कर ली है। अगर मिस्टर सिंह को हम दिल्ली शिफ़्ट करते हैं तो वो आपके साथ ही जाएँगे।"

"ठीक है, आप बन्दोबस्त करिए," मीरा ने अपना निर्णय सुनाया।

डॉक्टर सेन ने नर्स को फ़ोन किया और ट्रांसफर की सारी

औपचारिकताएँ बिना देरी किए पूरा करने का आदेश दिया। मिनटों में सारी औपचारिकताएँ पूरी हो गईं और एम्बुलेंस भी अस्पताल के इमरजेंसी वार्ड के सामने आकर खड़ी हो गई। मीरा और अनुराग अस्पताल के बाहर आए, डॉक्टर त्रिपाठी एम्बुलेंस के सामने ही खड़े थे।

"मैं उनके साथ एम्बुलेंस में जाऊँगा। आप दोनों भी चाहें तो एम्बुलेंस में ही चल सकते हैं," डॉक्टर त्रिपाठी ने कहा।

"मीरा आपके साथ जाएगी। मैं श्लोक की गाड़ी में एम्बुलेंस के पीछे-पीछे चलूँगा," अनुराग ने कहा।

"ठीक है। हम लोग अगले पन्द्रह मिनट में यहाँ से निकल जाएँगे," डॉक्टर ने अपनी घड़ी देखते हुए कहा।

**ठीक** दो बजे एम्बुलेंस धर्मशाला से दिल्ली के लिए रवाना हुई। अनुराग श्लोक की गाड़ी में एम्बुलेंस के पीछे-पीछे चलने लगा। साँवली सी धूप पहाड़ों से टकराकर अनुराग के चेहरे पर बिखरकर, उसके साथ-साथ सफ़र कर रही थी। रास्ते के दोनों ओर खड़े अशोक के लम्बे पेड़, आने वाले मुसाफ़िरों की अगुआई में लगे हुए थे। दूजी ओर, जो मुसाफ़िर यहाँ से अपने-अपने शहर को लौट रहे थे, वो उन्हें यहाँ दोबारा आने का न्योता भी दे रहे थे।

मीरा एम्बुलेंस में श्लोक के सिरहाने बैठी थी; श्लोक की आँखें बन्द थीं, ऑक्सीजन मास्क लगा हुआ था। इस दुनिया से बेख़बर वो न जाने कौन सी दुनिया में होगा इस वक़्त, न जाने क्या सोच रहा होगा? जिस दुनिया में वो इस वक़्त था, क्या वहाँ मीरा थी या फिर वहाँ भी सिर्फ़ अनुराग ही था? उसके दिल के एक कोने से ये आवाज़ भी आ रही थी कि इस वक़्त श्लोक जहाँ था, अगर वहाँ उसके साथ कोई और हुआ, तो

वो अनुराग ही होगा, मीरा नहीं।

जब उसे होश आएगा, तब उसे इस बात का बिलकुल भी अन्दाज़ा नहीं होगा कि मीरा की दुनिया में क्या-क्या बदल चुका है और क्या-क्या टूटकर बिखर चुका है। काश कि श्लोक अब भी वैसा ही होता जैसे वो उस दिन था, जब वो उससे पहली बार मिली थी—शालीन, संवेदनशील, उदार और एक अच्छा इनसान। कौन कहता है लोग बदलते नहीं? और अगर नहीं बदलते, तो क्या श्लोक हमेशा से ही एक बुरा इनसान था जो अच्छे होने का बस ढोंग कर रहा था?

**साल** था 1990 और महीना था जुलाई का—मीरा का कॉलेज में पहला दिन। उसका सपना था मिरांडा हाउस से हिन्दी साहित्य की पढ़ाई करना। वहाँ सीट पाने के लिए उसने जी-तोड़ मेहनत की थी और उसकी मेहनत रंग भी लाई। एडमिशन लिस्ट की पहली सूची में ही उसका नाम आ गया।

कॉलेज के लॉन से होते हुए वो हिन्दी विभाग में दाख़िल हुई। हॉल में चारों ओर छात्रों की हलचल थी। ऐसा लगता था कि वो किसी और ही दुनिया में आ गई है—यहाँ सब कुछ कितना ख़ूबसूरत था, जैसे कि ये कॉलेज नहीं बल्कि सपनों की कोई दुनिया हो। एक-दो लोगों से पूछकर वो अपने क्लास पहुँची। अनगिनत अजनबी चेहरे क्लास के अन्दर एक-दूसरे से मिल-जुल रहे थे। मीरा अपना शर्मीला स्वभाव लिये क्लास में दाख़िल हुई। वो खिड़की की ओर बढ़ी, और वहाँ की एक ख़ाली मेज़ पर अपना बैग रखकर, खिड़की के बाहर देखने लगी। बाहर लॉन में कोई घास पर लेटकर किताब पढ़ता हुआ दिखाई दिया, तो कहीं छात्रों का एक झुंड हँसी-मज़ाक़ करता हुआ। कॉलेज का लॉन था तो कुछ जोड़े भी दिखाई

दिए। मीरा को खिड़की के बाहर देखना बहुत अच्छा लगता था, जब वो घर पर होती और उसके पास थोड़ा समय होता, तो वो खिड़की के पास खड़े होकर या खिड़की की दहलीज़ पर बैठकर घंटों बाहर देखा करती। बाहर सड़क पर चलने वाले लोग, फेरीवाले, भजन गाते हुए संत-फ़क़ीर, स्कूल से लौटते लड़के-लड़कियाँ; कुछ पैदल तो कुछ साइकिल पर, अपने-अपने काम पर जाने वाले लोग, हाथ में झोला लटकाए बाज़ार से लौटते हुए लोग, चाय की टपरी पर अख़बार पढ़ते बुज़ुर्ग—सब कुछ जैसे एक अनकट फ़िल्म। अगर जीवन कुछ था तो यही था।

**एकाएक** क्लास शान्त हो गई, मीरा ने जब अपनी नज़रें खिड़की से हटाई तो देखा, एक तीस-बत्तीस साल का आदमी क्लास के अन्दर आ रहा है। गोरा रंग, खड़ी नाक, क़रीब छह फ़ीट लम्बा, सुन्दर-सुडौल शरीर, बाल हल्के लम्बे, आँखों पर गोल काले रंग का फ्रेम—ऐसा लगता था कि जैसे कोई फ्रेंच फ़िलॉसफ़र। वेश-भूषा एकदम सरल; सफ़ेद शर्ट, नीले रंग की जींस और पैरों में ब्राउन रंग के जूते। वो अन्दर आया, अध्यापक की मेज़ के पास खड़े होकर उसने चारों ओर एक नज़र दौड़ाई, और फिर बिना किसी से कुछ कहे ही क्लास के बाहर चला गया। उसके क्लास से बाहर जाते ही लोग फिर से आपस में बातें करने लगे। लेकिन मीरा का ध्यान उसी आदमी पर अटका रहा। कौन था, क्यों आया था?

वो फिर से खिड़की के बाहर देखने लगी। कुछ देर बाद, एक बूढ़े से सज्जन क्लास में दाख़िल हुए। उनके आते ही सब चुप हो गए। उनके साथ वो फ्रेंच फ़िलॉसफ़र सा दिखने वाला आदमी भी था। सब लोग अपनी-अपनी जगह पर खड़े हो गए।

"सुप्रभात छात्रो, मेरा नाम आशीष मिश्र है और मैं हिन्दी विभाग का

हेड हूँ। आप सबका इस कॉलेज में और हिन्दी विभाग में स्वागत है।" अपने पास खड़े उस नौजवान की तरफ़ देखते हुए उन्होंने बताया। "ये श्लोक सिंह हैं, और ये आप लोगों को हिन्दी साहित्य पढ़ाएँगे। अब मैं आप सबको साहित्य के हवाले करता हूँ। शुभकामनाएँ," कहकर प्रोफ़ेसर मिश्र ने छात्रों से विदा ली और क्लास के बाहर चले गए।

प्रोफ़ेसर आशीष मिश्र के जाते ही क्लास में थोड़ा शोर हुआ, लेकिन फिर धीरे-धीरे सब शान्त हुए।

"सुप्रभात। आप सब मेरा नाम तो जान ही गए हैं—आप मुझे सर कह सकते हैं या फिर मुझे श्लोक भी बुला सकते हैं। श्लोक कहिएगा तो मुझे ज़्यादा ख़ुशी होगी; मुझे अपने दोस्त जैसा ही समझिए।" ये कहकर श्लोक ने अटेंडेंस रजिस्टर उठाया और एक-एक करके सभी छात्रों की उपस्थिति दर्ज करने लगे। "अच्छा, इसके पहले कि हम आगे बढ़ें, मैं आप सबको कुछ ज़रूरी बातें बता दूँ, अगर क्लास के दौरान आप में से किसी को बोरियत होने लगे या पढ़ने का मन न कर रहा हो, तो आप मुझे बिना बताए क्लास से बाहर जा सकते हैं। मैं आपकी अटेंडेंस नहीं काटूँगा।

"आज पहला दिन है इसलिए हम आज आप से सुनेंगे कि आपकी ज़िन्दगी में साहित्य क्या मायने रखता है? किताबों को आज आराम देते हैं," प्रोफ़ेसर सिंह ने रजिस्टर बन्द करते हुए कहा।

**डॉक्टर** त्रिपाठी कोई मेडिकल जर्नल पढ़ रहे थे और हर दस-पन्द्रह मिनट में श्लोक की हालत जाँच रहे थे। मीरा अब भी यादों के झुरमुट में गुम थी; कभी वो यादें उसे डूबने से बचा लेतीं तो कभी उसे दलदल में धकेल देतीं। यादों के इस सैलाब ने जैसे उसके हाथ-पैर बाँध रखे थे; लाख कोशिश के बाद भी वो वहाँ से निकल नहीं पा रही थी। उसे ज़िन्दगी के वो सुनहरे

दिन भी याद आ रहे थे जब उसे श्लोक से प्यार हुआ था, जब पहली बार वो एक-दूसरे का हाथ थामे हुए घंटों साथ चले थे। वो पहला चुम्बन, वो पहला स्पर्श—कभी फूल बनकर उसके तन-मन को गुदगुदा देते तो कभी काँटे बनकर चुभने लगते।

आज दोपहर से ही ऐसा लग रहा है जैसे बारिश होगी, जुलाई के महीने में बारिश तो होती ही है। लेकिन फिर भी ये ख़याल उसे एक धोखे सा लग रहा था। बीच-बीच में ठंडी हवा का एक झोंका आता और मौसम की इस जालसाज़ी को और पुख़्ता करके तेज़ी से गुज़र जाता। शाम गहराती जा रही थी, सूरज दोपहर से ही बादलों के पीछे कहीं छुपा हुआ था। सूर्यास्त होने में अब भी वक़्त था, लेकिन सूरज कहीं दिखाई दे, तब तो वो उसे डूबते हुए देख पाए। कई बार मन में ऐसे कितने एहसास होते हैं, जो अतीत के बादलों के पीछे छुपे हुए होते हैं, उनके अस्त होने का समय भी हो चुका होता है, लेकिन हम उन्हें अस्त होते हुए देख नहीं पाते। हम बस उम्मीद भर कर सकते हैं कि वक़्त होने पर वो डूब जाएँगे।

**नौ** घंटे के लम्बे सफ़र के बाद एम्बुलेंस दिल्ली के एम्स अस्पताल पहुँची। अनुराग भी एम्बुलेंस के पीछे-पीछे अस्पताल पहुँच चुका था। डॉक्टर त्रिपाठी ने पहले ही सारे इंतज़ाम कर दिए थे। अनुराग के कहने पर, डॉक्टर त्रिपाठी ने श्लोक के लिए एक सिंगल कमरे का इंतज़ाम भी कर दिया था। श्लोक को सीधे उसके निर्धारित कमरे में शिफ़्ट कर दिया गया। मीरा और अनुराग ने आते ही अस्पताल की बाक़ी औपचारिकताएँ भी पूरी कर दी थीं।

"हम मिस्टर सिंह को अगले चार-पाँच घंटे ऑब्ज़र्वेशन में रखेंगे। आप दोनों घर चले जाइए और सुबह आ जाइए। अगर बीच में ज़रूरत

पड़ी तो मैं फ़ोन कर लूँगा," सारी औपचारिकताएँ पूरी हो जाने के बाद, डॉक्टर त्रिपाठी ने मीरा और अनुराग से कहा।

"श्लोक को जल्द होश आ तो जाएगा न डॉक्टर साब?" अनुराग ने पूछा।

"हम पूरी कोशिश कर रहे हैं," डॉक्टर त्रिपाठी ने दिलासा देते हुए कहा।

दोनों डॉक्टर से विदा लेकर वहाँ से निकले।

"मुझे श्लोक की गाड़ी तुम्हारे...त...त...तुम दोनों के यहाँ छोड़नी है, तुम साथ चलोगी?" अनुराग की आवाज़ में एक झिझक थी। जब रिश्तों में दूरी आ जाती है, तब एक साधारण बात करना भी तैरकर नदी पार करने के बराबर बन जाता है। मीरा ने हाँ में सिर हिलाया। श्लोक और मीरा का घर अस्पताल से आधे घंटे की दूरी पर था। पूरे रास्ते भाई-बहन ने एक-दूसरे से एक शब्द भी नहीं कहा। मीरा की नज़रें गाड़ी के शीशे के बाहर लगातार कुछ ढूँढ़ रही थीं।

घर पहुँचकर अनुराग ने गाड़ी पार्क की और अपने लिए एक टैक्सी बुलाई। मीरा ने उसे घर के अन्दर आने के लिए नहीं कहा। मीरा ने अनुराग से गाड़ी की चाबी ली और घर के अन्दर चली गई। अनुराग घर के बाहर खड़ा टैक्सी का इंतज़ार करने लगा।

मीरा सीधे अपने कमरे में चली गई और कपड़े बदलकर बिस्तर पर लेट गई। उसने कमरे की सारी बत्तियाँ बुझा दीं, बस बेड साइड लैम्प ऑन रखा। पिछली बार जब वो इस कमरे में थी, तब उसका पति दुनिया का सबसे अच्छा पति था और उसका सबसे अच्छा दोस्त जिस पर उसे बहुत नाज़ था। लेकिन आज...

"पिछले पाँच साल से हमने ये रिश्ता तुम्हारी और दुनिया की नज़रों

से बचाए रखा," अनुराग की ये बात उसके कानों में गूँजने लगी। इस घर में, इस कमरे में, इस बिस्तर पर श्लोक के साथ बिताई हुई उसकी तमाम यादें अचानक ही कहीं गुम हो गईं। उसे नींद तो आ रही थी, लेकिन ये कमरा और ये बिस्तर उसे काटने को दौड़ रहे थे। उसे लग रहा था कि श्लोक उसके पास लेटा हुआ अनुराग के बारे में सोच रहा है। तकिया और चादर लेकर वह सोफ़े पर जाकर लेट गई।

**टैक्सी** में बैठते ही उन पुराने सवालों ने अनुराग को फिर से घेर लिया। वो सवाल जिनके जवाब उसके पास नहीं थे। काश कि उसके सवालों के जवाब किसी के पास होते—उस आसमान के पास जो उदारता की विशाल काया ओढ़े दिन-रात खड़ा रहता है, या फिर इस ज़मीन के पास जिसकी लम्बाई और चौड़ाई में न जाने कितने जवाब बसते हैं। या फिर शायद उसे उसके सवालों के जवाब किसी श्मशान में मिल जाएँ; जहाँ अन्त का आरम्भ होता है, जहाँ न तो ज़मीन किसी की होती है और न ही आसमान। और जहाँ, न राख ही किसी की होती है।

एक सवाल उसे लगातार परेशान कर रहा था कि कहीं उसका ये राज़ दुनिया के सामने आ गया तो क्या होगा? न्यूज़ चैनलों को अपनी टी.आर.पी. बढ़ाने का एक सुनहरा मौक़ा मिल जाएगा। फ़ेसबुक और ट्विटर पर लोग उसे ट्रोल करने लगेंगे, गन्दी-गन्दी गालियाँ देने लगेंगे। कुछ जान से मार देने की धमकी भी दें शायद। धार्मिक संस्थान, सांस्कृतिक संघ और मदरसे उसके बहिष्कार पर उतारू हो जाएँगे। लोग न्यायाधीश बनकर अपनी-अपनी ओर से उसे कड़ी-से-कड़ी सज़ा सुनाने लगेंगे। वह मज़ाक़ का विषय बनकर रह जाएगा।

ऐसा नहीं कि अनुराग ने कभी 'लोग क्या कहेंगे', इस बात की

परवाह की हो। लेकिन इस सब में वो मीरा को, जिसका तिनका भर भी दोष नहीं, घसीट लाएँगे।

टैक्सी ड्राइवर ने अनुराग को देखते ही पहचान लिया था, "हेलो सर।"

"हेलो," अनुराग ने एक फीकी मुस्कुराहट के साथ कहा।

"सर, मैंने आपकी सारी किताबें पढ़ी हैं। मैं आपको फ़ेसबुक और ट्विटर पर फ़ॉलो भी करता हूँ," ड्राइवर ने लुकिंग-ग्लास में अनुराग को देखते हुए कहा।

"बहुत आभार आपका," अनुराग ने ड्राइवर से कहा और फिर खिड़की के बाहर देखने लगा।

आज उसे अपने बचपन के दोस्त इब्राहिम की बहुत याद आ रही थी। काश वो इस मुश्किल घड़ी में उसके पास होता। भले ही वो श्लोक और उसके रिश्ते के पक्ष में नहीं था, लेकिन एक दोस्त के नाते उसके साथ खड़ा तो हो सकता था; उसे हिम्मत तो दे ही सकता था। सही-ग़लत का फ़ैसला करने के लिए तो पूरी ज़िन्दगी पड़ी थी। उसने इब्राहिम को फ़ोन करने की सोची। शायद इस बार वो उसका फ़ोन उठा ले। बरसों की नाराज़गी शायद अब ठंडी हो गई हो। उसने अपना फ़ोन निकाला, कॉल बटन दबाने के पहले एक बार को उसे हिचकिचाहट हुई, लेकिन फिर उसने सोचा, ज़्यादा-से-ज़्यादा यही तो होगा कि वो फ़ोन नहीं उठाएगा। उसने नम्बर डायल कर दिया। तीसरी घंटी में ही इब्राहिम ने उसका फ़ोन उठा लिया।

"हेलो," अनुराग ने कहा। उसे अपनी ही आवाज़ कहीं दूर से आती लग रही थी।

"हेलो," इब्राहिम ने गर्मजोशी से जवाब दिया।

"कहाँ रहे भाई इतने दिन? तुम्हारी कोई ख़बर ही नहीं है?" इब्राहिम ने पूछा।

"यहीं हूँ भाई। यहाँ से कहाँ जाऊँगा," अनुराग की आवाज़ अब भी उदासी से भरी हुई थी।

"तुम्हारी आवाज़ इतनी बुझी हुई क्यों है?"

"तुम मिल सकते हो?" अनुराग ने पूछा।

"आख़िर बात क्या है—घर पर तो सब ठीक है ना?"

"कहाँ से शुरू करूँ, समझ में नहीं आता।"

"आख़िर बात क्या है?" इब्राहिम ने उसे अपनी दोस्ती का वास्ता देते हुए पूछा।

अगले दस मिनट, अनुराग अपनी दास्ताँ सुनाता रहा और इब्राहिम फ़ोन की दूसरी तरफ़ चुपचाप सुनता रहा। अनुराग खिड़की के बाहर देख रहा था, एकाएक जब उसकी नज़र सामने पड़ी, तो उसने देखा कि ड्राइवर का दायाँ हाथ स्टियरिंग पर था और बाएँ हाथ से वह फ़ोन में कुछ कर रहा था। अनुराग को इस लापरवाही पे झल्लाहट तो हुई, पर उसने नज़रअन्दाज़ कर फिर से खिड़की के बाहर देखने लगा, और इब्राहिम से बात करने लगा। सब कुछ विस्तार में सुनने के बाद, इब्राहिम को एक ओर जहाँ दुख हुआ, वहीं थोड़ा ग़ुस्सा भी आया कि इतना सब हो गया और अनुराग ने उसे ख़बर तक नहीं की। लेकिन, उसने अपनी नाराज़गी ज़ाहिर नहीं की।

"तुम घर जाओ और आराम करो। मैं तुमसे एक-दो दिन में मिलता हूँ," इब्राहिम का इतना कहना ही काफ़ी था। अनुराग को हिम्मत मिल गई। अगर एक दोस्त मुश्किल वक़्त में आपके साथ खड़ा हो जाए, तो दुनिया क्या, पूरे ब्रह्मांड से भी लड़ा जा सकता है।

# देहरी पर ठिठकी धूप

**अनुराग** और इब्राहिम की दोस्ती कॉलेज के दिनों से ही बहुत पक्की थी। इब्राहिम की अम्मी अनुराग को ख़ूब दुलार करती थी; उसे अपने बेटे जैसा ही प्यार करती थी। अनुराग भी इब्राहिम की अम्मी को अम्मी ही बुलाता था। छुट्टियों के दिनों में कई बार तो वो दिन-दिन भर इब्राहिम के घर पर ही पड़ा रहता था।

वो भी क्या दिन थे। अब तो बरसों बीत गए इब्राहिम से मिले हुए, अम्मी से मिले हुए, उनके हाथ का लज़ीज़ खाना खाए हुए।

पहली बार जब अनुराग ने इब्राहिम को अपने और श्लोक के रिश्ते के बारे में बताया था, तो न केवल वो चौंका था, बल्कि उसे बहुत डाँटा भी था। इस पूरी दुनिया में अनुराग का मीरा और श्लोक के अलावा और कोई नहीं था, वो अपने परिवार के साथ इतना बड़ा धोखा कैसे कर सकता था। श्लोक तो उससे उम्र में बड़े थे, उससे कहीं ज़्यादा समझदार और परिपक्व, वो कैसे इतने बड़े गुनाह में उसका भागीदार बन सकते थे। कई दिनों तक दोनों दोस्तों में इस रिश्ते को लेकर बहस होती रही, लेकिन निष्कर्ष कुछ नहीं निकला। हाँ, परिणाम ये हुआ कि एक दिन इब्राहिम ने अनुराग से कह दिया, "मैं एक ऐसे आदमी से रिश्ता नहीं रख सकता, जो अपनी ख़ुशी के लिए अपनी बहन का घर बर्बाद कर दे।"

अनुराग ने इन पाँच सालों में कई बार इब्राहिम को फ़ोन और मैसेज किए थे, लेकिन उसके फ़ोन और मैसेज जैसे कहीं खो जाते थे, इब्राहिम तक पहुँचते ही नहीं थे। पर वो जानता था कि एक दिन ऐसा आएगा जब इब्राहिम उसे माफ़ कर देगा। उसे गले से लगा लेगा और उसकी तमाम दलीलें उसे बिना जज किए और बिना दोष दिए सुनेगा।

आज जब इब्राहिम ने उससे कहा, "तुम घर जाओ और आराम करो। मैं एक-दो दिन में मिलता हूँ तुमसे," अनुराग को ये लगने लगा कि

शायद इब्राहिम ने उसे माफ़ कर दिया है।

घर पहुँचने के बाद अनुराग सीधा नहाने गया। शॉवर खोलकर वो ठंडे पानी के नीचे खड़ा हो गया; जैसे ये पानी न सिर्फ़ उसके शरीर को बल्कि उसके अपराधबोध को भी धो देगा। क़रीब आधे घंटे पानी के नीचे खड़े होने के कारण उसे ठंड लगने लगी और उसका पूरा बदन काँपने लगा।

उसने तुरन्त शॉवर बन्द किया। नहाकर कमरे में आया और कमरे का दरवाज़ा बन्द कर लिया। खिड़कियाँ सारी बन्द कर दीं, परदे खींच दिए और सभी बत्तियाँ भी बुझा दीं। बालकनी का दरवाज़ा ठीक से बन्द नहीं हो रहा था, सो उसने उसे बिना सिटकिनी लगाए ही छोड़ दिया। बिस्तर पर बैठकर उसने बेड साइड टेबल-लैम्प ऑन किया। वो बाहरी दुनिया से तंग आ चुका था, जब तक हो सके वो अपनी इस चारदीवारी में बन्द रहना चाहता था। हमें लगता है कि घर का दरवाज़ा बन्द करते ही हम बाहर की दुनिया से छुटकारा पा सकते हैं। लेकिन ऐसा होता नहीं है। हमारे भीतर बाहरी दुनिया का एक पूरा का पूरा शहर बसता है, जो दरवाज़ा बन्द होने के बाद भी हमें बाहरी दुनिया में उलझाए रखता है। हम चाहकर भी बाहरी दुनिया से छुटकारा नहीं पा सकते।

अनुराग ने एक सिगरेट सुलगाई और दीवार पर टँगी हुई तस्वीरों को देखने लगा; हर एक तस्वीर में पुराने दिनों की ख़ुशियाँ बसी हुई थीं; किसी में मीरा, श्लोक और वो मुस्कुरा रहे थे, तो किसी में मीरा और वो किसी नदी के किनारे बैठे हुए थे, तो किसी में श्लोक और वो आसमान की ओर देख रहे थे। ये तस्वीरें उससे कह रही थीं, "हमें इस क़ैद से आज़ाद कर दो। हमें बाहर टहलने जाना है, हमारा यहाँ दम घुटता है।" दरवाज़े-खिड़कियाँ बन्द होने के कारण पूरा कमरा सिगरेट के धुएँ से भर

गया था। टेबल-लैंप के सामने धुआँ इकट्ठा होकर धुंध सा बन गया था। सिगरेट ख़त्म होते ही उसने दूसरी सिगरेट जला ली। सिगरेट के धुएँ में सब कुछ धुँधला-सा गया था; उसका निष्प्रभ अतीत, अन्धकारमयी वर्तमान और उसका अबूझ भविष्य।

सिगरेट बुझाकर वो बिस्तर से उठा और आईने के सामने खड़ा हो गया। कुछ देर आईने में अपने आप को देखता रहा। अचानक उसने आईना दीवार से उखाड़कर ज़मीन पर फेंक दिया। आईना चकनाचूर होकर चारों ओर बिखर गया; ठीक उसके अस्तित्व की तरह।

उसने एक-एक करके दीवार पर से सारी तस्वीरें उतारी और उन्हें भी ज़मीन पर पटक दिया। उन्हें आज़ादी चाहिए थी ना, अब उन्हें कोई शिकायत नहीं होनी चाहिए। अब वो हँसी-ख़ुशी फ्रेम से बाहर निकलकर जहाँ मर्ज़ी वहाँ जा सकती हैं। बिस्तर के पास एक छोटा सा बुक-शेल्फ़ था, वहाँ की सारी किताबें उसने ज़मीन पर फेंक दीं। उसका कमरा और उसकी ज़िन्दगी दोनों ही अब वीरान और उजाड़ थे। अब अनुराग अलमारी की ओर बढ़ा। अलमारी खोलकर दाईं ओर की दराज़ में कुछ ढूँढ़ने लगा। काग़ज़ में लिपटी अपनी पिस्टल निकाली; जो उसने अपनी सुरक्षा के लिए रखी थी।

# 3

**मैं** एक क्षण में मरता हूँ, फिर दूसरे ही क्षण में जी उठता हूँ—अगर हर एक क्षण एक जैसा नहीं हो सकता, तो फिर मैं हर एक क्षण में एक जैसा कैसे रह सकता हूँ। ऐसे में, मैं उस क्षण में बिना मरे, अगले क्षण में कैसे जीवित रह सकता हूँ। उसने पिस्टल अपने दाईं कनपटी पर टिका ली। उसकी उँगली ट्रिगर पर टिकी हुई थी, लेकिन वो उसे दबाने में कामयाब नहीं रहा।

खीजकर उसने अपनी आँखें खोलीं, ड्रेसिंग टेबल पर रखा उसका फ़ोन वाइब्रेट कर रहा था। मीरा का फ़ोन आ रहा था। उसने फ़ोन काट दिया। लेकिन, मीरा उसे लगातार फ़ोन कर रही थी और वो हर बार फ़ोन काट दे रहा था। इस वक़्त वो किसी से कोई बात नहीं करना चाहता था। बस ट्रिगर दबाकर सब कुछ ख़त्म कर देना चाहता था। आज़ाद हो जाना चाहता था। वह मान चुका था कि इस देश में समलैंगिक होना न सिर्फ़ क़ानूनन जुर्म है बल्कि अपनी ही नज़रों में क़ैद हो जाने वाला एक कारावास भी है। समाज का थोपा हुआ कारावास। और इस लिहाज़ से उसे जीने का कोई हक़ नहीं। इस समय वह भूल गया था कि एक दिन ये

क़ानून ज़रूर बदलेगा; इंसाफ़ होगा—शायद देर से ही सही, लेकिन इंसाफ़ होगा ज़रूर। उस दिन इस देश में समलैंगिक होना जुर्म नहीं होगा, कोई कारावास नहीं होगा। लेकिन वो उस दिन का इंतज़ार नहीं करना चाहता था। उस सुबह की प्रतीक्षा उसने बरसों की थी, लेकिन अब वो थक चुका था। कई बार युद्ध में लड़ता हुआ सिपाही थक-हारकर मृत्यु के सामने अपने घुटने टेक देता है; इसलिए नहीं कि वो लड़ने में असमर्थ है या फिर बुज़दिल। वो बस इस सबसे निजात चाहता है। अपने इस मरुस्थल जैसे जीवन से मुक्ति चाहता है। उसके हाथों में बंदूक़ है, माथे पर तेज़ है और आँखें दुश्मन पर गड़ी हुई हैं, वो बस हमला नहीं करना चाहता। अनुराग भी युद्ध का वो सिपाही था, जो अब मुक्ति चाहता था; अब न वो लड़ना चाहता था, न युद्ध ख़त्म होने का इंतज़ार करना चाहता था और न ही जीत की प्रतीक्षा में अपना बाक़ी का जीवन गुज़ारना चाहता था।

उसका मोबाइल फ़ोन लगातार बज रहा था। उसने फ़ोन स्विच-ऑफ़ कर बिस्तर पे फेंक दिया। अब उसका लैंडलाइन फ़ोन बजने लगा; कॉलर आईडी पर मीरा का नाम आ रहा था। आख़िर क्यों वह उसे बार-बार फ़ोन कर रही थी? क्या चाहती है वो? उसने पहले उसका फ़ोन काटा और फिर रिसीवर उठाकर नीचे रख दिया। कुछ देर कमरे में यूँ ही बैठा रहा और फिर से ड्रेसिंग टेबल के सामने जाकर खड़ा हो गया। पिस्टल को फिर से अपने दाईं कनपटी पर टिका दिया और आँखें बन्द करके ट्रिगर पर अपनी उँगली रख दी।

दरवाज़े की घंटी बजी। इस वक़्त कौन आया होगा? उसने घंटी को अनसुना करने की कोशिश की, पर आगन्तुक लगातार घंटी बजा रहा था। कुछ देर तक घंटी बजती रही, और फिर बन्द हो गई। शायद दस्तक देने वाला ये सोचकर लौट गया होगा कि घर पर कोई नहीं है।

तभी कोई बालकनी का दरवाज़ा खटखटाने लगा, लेकिन दरवाज़ा अन्दर से बन्द न होने के कारण, खुल गया। दरवाज़े पर मीरा खड़ी थी; उसका चेहरा ग़ुस्से से लाल हो रहा था। अनुराग उसे देखकर भौचक्का हो गया।

"मेरी ज़िन्दगी बर्बाद करके तुम अब भागना चाहते हो। तुम इतने कायर हो, ये मैं नहीं जानती थी?" मीरा की आँखें अनुराग पर गड़ी हुई थीं।

अनुराग की देह थरथर काँप रही थी।

"तुम्हें लगता है कि तुम्हें अपने पापों की सज़ा इतनी आसानी से मिल जाएगी?" मीरा ग़ुस्से से तिलमिला रही थी।

अनुराग वहीं नीचे बैठ गया और पिस्टल अपने कनपटी पर लगा ली, "मुझे मर जाने दो मीरा। मैं तुम्हारा गुनहगार हूँ, मौत से बेहतर मेरी और कोई सज़ा नहीं," अनुराग गिड़गिड़ा रहा था।

"बचपना मत करो। अपनी पिस्टल मुझे दे दो," मीरा ने उसकी ओर हाथ बढ़ाते हुए कहा। मीरा उसके बहुत क़रीब पहुँच चुकी थी, और अनुराग की आँखों पर अपनी आँखें गड़ाए हुए थी।

अनुराग ने पिस्टल मीरा की ओर तान दी, "मुझे अकेला छोड़ दो मीरा। तुम कौन होती हो मुझे ऐसा करने से रोकने वाली? पीछे हट जाओ," अनुराग के हाथ काँप रहे थे।

मीरा ने एक क़दम और बढ़ाया, "अब जब तुमने मेरी ओर पिस्टल तान ही दी है, तो उसे चला भी दो। चलाओ गोली, चलाते क्यों नहीं," उसकी पैनी नज़रें अनुराग पर गड़ी हुई थीं और वो अब अनुराग के बहुत नज़दीक आ गई थी।

ये मैं क्या कर रहा हूँ? जिस बहन ने मुझे कभी माँ-बाप की कमी नहीं महसूस होने दी, मुझे पाल-पोसकर बड़ा किया, मैंने उस पर ही

पिस्टल तान दी। उसका सिर शर्म से झुक गया। वो चुपचाप अपनी जगह से खड़ा हुआ और पिस्टल मीरा के हवाले कर दी। मीरा ने पिस्टल को अपने पर्स में रख लिया। वो मीरा को गले से लगाकर रोना चाहता था, वो आगे बढ़ा, लेकिन, मीरा ने उसे पीछे धकेल दिया। वो ज़मीन पर गिर गया।

"अपने कुछ कपड़े अपने बैग में रख लो। आज रात तुम मेरे यहाँ रुकोगे और कल सुबह हम किसी अच्छे मनोचिकित्सक के पास चलेंगे। तुम डिप्रेशन के शिकार हो, और ऐसे में तुम्हारा अकेले रहना ठीक नहीं। तुम्हें किसी डॉक्टर की देखरेख में रहने की ज़रूरत है," मीरा ने बिस्तर पर बैठते हुए कहा।

अनुराग ने चुपचाप एक आज्ञाकारी बच्चे की तरह बैग में कुछ कपड़े रखे और मीरा के साथ चलने के लिए तैयार हो गया।

अगले दिन सुबह-सुबह ही मीरा अनुराग को लेकर शहर के जाने-माने मनोरोग अस्पताल पहुँच गई। अनुराग की मानसिक स्थिति मीरा बयान करती जा रही थी और अनुराग भी बीच-बीच में अपनी भावनाएँ व्यक्त कर रहा था। डॉक्टर ने उनकी सभी बातें ध्यान से सुनीं और फिर उनसे कुछ प्रश्न भी पूछे, विशेषकर उन ख़यालों के बारे में जो अनुराग को आत्महत्या के रास्ते पर धकेल रहे थे। कुछ देर सोचने के बाद डॉक्टर ने कहा, "आप एक बहुत मुश्किल दौर से गुज़र रहे हैं, और बेहतर होगा कि आप कुछ दिन यहाँ भर्ती होकर हमारी देखरेख में रहें। ऐसी हालत में अगर इनसान को अकेला छोड़ दिया जाए, तो वो कोई ग़लत क़दम उठा सकता है।"

**मनोरोग** विभाग का अटेंडेंट उसे कमरे में ले गया। कमरे में दो बिस्तर थे और एक-दूसरे से सटी दो छोटी-छोटी खिड़कियाँ। खिड़की के बाहर

असाइलम का पार्क था; जहाँ कुछ लोग झाड़ू लगा रहे थे तो कुछ पौधों में पानी दे रहे थे। एक अधेड़ उम्र का आदमी कमरे के दाईं ओर के बिस्तर पर लेटा हुआ था; शायद साठ के लगभग उम्र होगी उसकी। उसका लम्बा क़द बिस्तर पर पूरी तरह से समा नहीं रहा था; बिस्तर के बाहर, हवा में लटकते हुए उसके पंजे ऐसे लग रहे थे जैसे किसी भूत के पैर हों। उसका मुँह पोपला था, आँखें बड़ी-बड़ी और लाल, झुर्रियों से भरा चेहरा और उसका शरीर जैसे जीता-जागता कोई कंकाल। वो किसी और ही दुनिया का लग रहा था। कमरे में उसकी उपस्थिति से अनुराग का मन खिन्न हो गया। लेकिन उसके पास उपाय ही क्या था। उसे यही कमरा मिला था और उसे यहीं रहना पड़ेगा।

उसने अपना बैग वहीं बिस्तर के नीचे रख दिया और बिस्तर पर लेट गया। उसका पूरा बदन टूट रहा था और सिर दर्द से फटा जा रहा था।

अनुराग बिस्तर पर पड़ा-पड़ा छत की ओर कुछ देर तक घूरता रहा, कुछ भी सोचने-समझने की क्षमता उसमें अब बची नहीं थी। कुछ देर बाद वो दूसरा आदमी उठकर बैठ गया। उसे उठता देख, अनुराग भी उठकर बैठ गया। लेकिन, उस आदमी ने अनुराग को अनदेखा कर दिया, जैसे कि वो इस कमरे में था ही नहीं। वो खिड़की के सामने खड़ा हो गया और बाहर देखने लगा। वह आदमी कुछ बुदबुदा रहा था, जो न तो अनुराग को सुनाई दे रहा था और न ही समझ आ रहा था।

"नमस्कार," अनुराग ने कुछ हिचकिचाते हुए कहा। उस आदमी ने न उसकी ओर देखा और न ही उसके नमस्कार का जवाब ही दिया। शायद उस तक अनुराग की आवाज़ पहुँची ही नहीं थी। अनुराग ने फिर से कहा, इस बार थोड़ी हिम्मत और ज़ोर से, "नमस्कार, मेरा नाम अनुराग है।"

इस बार उस आदमी ने सुना भी और उसकी ओर देखा भी, पर

कुछ बोला नहीं। उसने अपना मुँह फेर लिया और फिर से खिड़की के बाहर देखने लगा।

अनुराग ने ऐसी परिस्थिति का सामना इसके पहले कभी नहीं किया था। उसे समझ में नहीं आ रहा था कि आख़िर करे तो करे क्या? शायद वो आदमी इस बात से नाराज़ था कि उसके आ जाने से उसके अकेलेपन में ख़लल पड़ गया। अनुराग के आने से पहले वो ठाट-बाट से इस कमरे में अकेले रह रहा था। पर ऐसी जगह में क्या ठाट और क्या बाट? उसने फिर उस आदमी से कुछ न कहने का निश्चय किया और आँखें बन्द करके अपने बिस्तर पर लेट गया। उस आदमी ने खिड़की के पास बैठकर एक सिगरेट सुलगाई, माचिस की आवाज़ सुन अनुराग ने अपनी आँखें खोल लीं। वो अब अपने बिस्तर पर बैठा था, सिगरेट का पैकेट अनुराग की ओर बढ़ाते हुए उसने पूछा, "पियोगे?"

अजीब आदमी है, अभी जब मैंने दो बार इसे 'नमस्कार' किया तो इसने जवाब नहीं दिया, और तो और मुझे देखकर भी अनदेखा कर दिया। अब अचानक सिगरेट के लिए पूछ रहा है। वो अपने बिस्तर से उठा और हाथ बढ़ाकर सिगरेट के पैकेट से एक सिगरेट निकाला। इसके पहले कि वो उस आदमी से माचिस माँगता, उसने ख़ुद ही माचिस जलाकर अनुराग के आगे अपना हाथ बढ़ा दिया।

"धन्यवाद," अनुराग ने एक कश लेते हुए कहा। उसे समझ में नहीं आ रहा था कि उसे आगे और कुछ कहना चाहिए या नहीं। क्या नाम पूछना ठीक होगा?

'नहीं, रहने दो, कोई ज़रूरत नहीं नाम पूछने की', अन्दर से एक आवाज़ ने उसे चेतावनी देकर, उसके मुँह से फूटने वाले उस सवाल को तुरन्त मसल दिया।

इसके पहले अनुराग कुछ कहता, उस आदमी ने कहा, "माफ़ करना, मेरा मक़सद तुम्हें अपमानित करने का बिलकुल भी नहीं था। आशा है, तुम्हें बुरा नहीं लगा," उसकी बातों से तो वो बिलकुल एक सामान्य इनसान सा जान पड़ता था। अनुराग भी तो एक सामान्य इनसान ही था।

"मैं समझ सकता हूँ। आपको माफ़ी माँगने की कोई ज़रूरत नहीं है," अनुराग ने मुस्कुराते हुए कहा।

"अगर तुम मुझे समझ सकते हो, तो इसका बस एक ही मतलब निकलता है कि तुम भी असामान्य हो। दुनिया की भाषा में कहूँ तो, पागल।" वो आदमी यह कहकर ज़ोर-ज़ोर से हँसने लगा।

"क्या मैं आपसे कुछ पूछ सकता हूँ?" अनुराग ने धीमे स्वर में कहा।

"ज़रूर।"

"आप यहाँ कैसे पहुँचे?"

"बहुत लम्बी कहानी है। फिर किसी दिन सुनाऊँगा," उस आदमी ने सिगरेट का एक लम्बा कश लिया, और मुँह से धुआँ उड़ाते हुए उसने अपनी आँखें अनुराग पर गड़ा दीं, "क्या हम दोस्त बन सकते हैं?" उसके चेहरे की झुर्रियाँ अब असहज नहीं लग रही थीं, न आँखें लहूदार और न ही उसका मुँह पोपला दिखाई दे रहा था। वो एकाएक कंकाल से एक जीता-जागता और मुस्कुराता हुआ इनसान दिखने लगा था।

"ज़रूर, क्यों नहीं।"

"लेकिन, मेरी एक शर्त है।"

"क्या?" अनुराग ने पूछा।

"हम एक-दूसरे का नाम नहीं पूछेंगे। तुम्हारा बैज नम्बर सत्रह है और मेरा तेरह, तो हम एक-दूसरे को अपने बैज नम्बर से बुलाएँगे। बोलो,

मंज़ूर है?" उस आदमी ने अपना दाहिना हाथ अनुराग की ओर बढ़ाते हुए कहा।

"मंज़ूर है," अनुराग ने हाथ मिलाया।

**कमरे** में अचानक सन्नाटा छा गया। सत्रह अब भी खिड़की के सामने खड़ा था और तेरह अपने बिस्तर पर बैठकर छत को घूर रहा था। सिगरेट का आख़िरी कश लगाकर सत्रह उसे बुझाने के लिए मुड़ा। देखा, तेरह कमरे में नहीं है। सामने मेज़ पर उसका फ़ोन भन्ना रहा था। उसने चारों ओर नज़र दौड़ाई, ये तो उसका कमरा था, असाइलम का नहीं। ड्रेसिंग टेबल का आईना अपनी जगह पर लगा हुआ था, दीवार पर तस्वीरें अपनी-अपनी जगह पर टँगी हुई थीं। किताबें अपनी जगह पर रखी हुई थीं।

तेरह कहाँ गया? वो पागलों की तरह इधर-उधर तेरह को ढूँढ़ने लगा, जैसे वो उसका कोई पुराना दोस्त हो, और भीड़ में कहीं खो गया हो।

अब तक फ़ोन का भन्नाना बन्द हो गया था, लेकिन वो फिर से भन्नाने लगा। अनुराग ने फ़ोन उठाया, एक अनजान लैंडलाइन नम्बर से फ़ोन आ रहा था।

"हेलो," अनुराग ने ग़ुस्से में फ़ोन उठाया।

"हेलो सर। मैं एम्स से बोल रही हूँ। मिस्टर सिंह की हालत पहले से नाज़ुक हो गई है। आप तुरन्त अस्पताल आ जाइए।"

अनुराग का माथा ठनक गया, "जी मैं पहुँचता हूँ जल्द-से-जल्द।"

अनुराग ने कपड़े बदले और तुरन्त अस्पताल के लिए रवाना हो गए। गाड़ी चलाते वक़्त उसके मन में तरह-तरह के ख़याल आते रहे, लेकिन

इस वक़्त वो अपना ध्यान भटकने नहीं दे सकता था। उसे तुरन्त अस्पताल पहुँचना था। क़रीब आधे घंटे बाद वो अस्पताल पहुँचा। मीरा पहले से ही वहाँ पहुँच चुकी थी।

"क्या कहा डॉक्टर ने?" अनुराग की आँखें मीरा पर गड़ी हुई थीं।

"अभी उसकी हालत थोड़ी सुधरी है। लेकिन..."

"लेकिन क्या?"

"डॉक्टर का कहना है कुछ और कॉम्प्लिकेशन है," ये कहते-कहते मीरा की आँखें भर आईं।

अनुराग मीरा को गले से लगा लेना चाहता था, उससे कहना चाहता था कि सब कुछ ठीक हो जाएगा। लेकिन क्या वाक़ई अब सब कुछ ठीक हो जाने वाला था? क्यों हम किसी से ये कहने से कतराते हैं कि कुछ भी ठीक नहीं होगा। हमें इस परिस्थिति में ही जीना सीखना होगा। क्यों हम झूठे दिलासों के आलिंगन में ज़िन्दगी बिता देते हैं? हम क्यों वास्तविकता से भागते फिरते हैं?

वो चुपचाप उसके पास बैठ गया। एक अजीब सी ख़ामोशी अस्पताल के वेटिंग रूम में तैरने लगी थी। बाहर बादल घिर आए थे, शायद बारिश होने वाली थी। लेकिन उसके पहले, ख़ामोशी के इस अंधड़ का क्या जो उन दोनों के दिलों में कोलाहल मचा रहा था?

एकाएक बाहर एक आँधी उठी—अन्दर और बाहर के इस कोलाहल में वो दोनों जैसे गुम हुए जा रहे थे। ये कैसा इम्तिहान था जो ख़त्म होने का नाम ही नहीं ले रहा था?

**क़रीब** पन्द्रह मिनट बाद डॉक्टर त्रिपाठी वेटिंग रूम में दाख़िल हुए, "मिस्टर सिंह अब ख़तरे से बाहर हैं।" न जाने कब से ये शब्द मीरा और अनुराग

डॉक्टर के मुँह से सुनना चाहते थे। लेकिन, इसके पहले कि वो अपनी ख़ुशी ज़ाहिर करते, डॉक्टर त्रिपाठी ने अपनी बात आगे बढ़ाई, "पर।"

"पर क्या?" दोनों ने एक स्वर में पूछा।

"मिस्टर सिंह के दोनों पैर पैरालाइज़्ड हो गए हैं," उन्होंने अपनी बात पूरी की। दोनों के दिल पर वज्रपात-सा हो गया। सन्नाटा। भयावह सन्नाटा। मर्मभेदी सन्नाटा।

"फ़िज़ियोथेरेपी से उनके पैर ठीक हो सकते हैं। थोड़ा वक़्त लगेगा, लेकिन उम्मीद है," डॉक्टर त्रिपाठी ने कहा।

"हम उन्हें देख सकते हैं?" मीरा ने अपनी चुप्पी तोड़ी।

"हाँ, लेकिन कोई एक ही जा सकता है।"

अनुराग ने मीरा को जाने के लिए कहा। मीरा और डॉक्टर त्रिपाठी श्लोक के कमरे की ओर चले गए। बाहर घना अँधेरा था। लग रहा था कि बहुत तेज़ बारिश होने वाली है। एक अवसाद-सा अनुराग के चारों ओर फैलने लगा था, "मिस्टर सिंह के दोनों पैर पैरालाइज़्ड हो गए हैं," डॉक्टर के ये शब्द उसके कानों में लगातार गूँज रहे थे।

**डॉक्टर** त्रिपाठी और मीरा श्लोक के कमरे के बाहर पहुँचे, "मुझे राउंड पर जाना है। मैंने उन्हें अभी उनके पैरों के बारे में नहीं बताया है। मैं चाहता था कि आप उन्हें बताएँ। अगर आप चाहें तो मैं आपके साथ अन्दर चल सकता हूँ और उन्हें बता सकता हूँ," डॉक्टर ने कहा।

"नहीं-नहीं, इसकी कोई ज़रूरत नहीं। मैं," मीरा कहते-कहते रुक गई... "मैं कोशिश करूँगी उन्हें बताने की," मीरा ने अपनी बात पूरी की।

"ठीक है," डॉक्टर ने विदा ली।

मीरा ने धीरे से दरवाज़ा खोला, श्लोक खिड़की के बाहर देख रहा

था। वो उसके बिस्तर के पास जाकर खड़ी हो गई, लेकिन श्लोक का ध्यान अब भी खिड़की के बाहर ही टँगा हुआ था। मीरा ने उसके माथे पर हाथ रखा, श्लोक चौंक सा गया। उसकी उदास आँखें मीरा से ढेरों सवाल पूछ रही थीं। मीरा उसके पास बिस्तर पर ही बैठ गई और उसके हाथों को थाम लिया, "अभी कैसा लग रहा है?" मीरा ने अपना बर्ताव सामान्य रखा।

मीरा ने श्लोक का हाथ थाम रखा था और उसके हाथों को सहलाते हुए उसने कहा, "सब ठीक हो जाएगा।" जो मीरा यहाँ अस्पताल में श्लोक के पास बैठी हुई थी, दरअसल वो श्लोक की पत्नी नहीं, बल्कि सिर्फ़ एक इनसान थी; जिसने ये तय कर लिया था कि अब उसका और श्लोक का बस इनसानियत भर का साथ है। और वो जब चाहेगी इस रिश्ते को, जो अब बचा ही नहीं था, पूरी तरह ख़त्म करके चली जाएगी।

"मुझे क्या हुआ है और मैं यहाँ कैसे पहुँचा?" श्लोक के स्वर में उद्वेग था।

मीरा ने उसे पूरी घटना बताई। श्लोक चुप रहा, शायद उसे समझ में नहीं आ रहा था कि आख़िर कहे तो क्या कहे। उसने अपना मुँह फिर से खिड़की की ओर फेर लिया। ख़ामोशी पूरे कमरे में भर गई। बाहर अब भी बारिश हो रही थी।

मीरा की नज़रें श्लोक पर गड़ी हुई थीं। खिड़की के बाहर उसे हताशा के अलावा और कुछ नहीं मिला। वो मीरा की ओर मुड़ गया और उसके गले से लिपटकर फूट-फूटकर रोने लगा। मीरा ने उसे चुप कराने की कोशिश नहीं की। उसे रोने दिया। कभी-कभी इनसान को रो लेना चाहिए। आख़िर इनसान होना और आहत होना एक ही बात है।

मर्द कितने कमज़ोर होते हैं, पहले अनुराग मीरा से लिपटकर

फूट-फूटकर रोया और अब श्लोक। सच, मर्दों में नहीं होती है दर्द सहने की क्षमता।

"**तुम** ठीक हो?" मीरा के स्वर में वेदना थी।

"नहीं। मेरा सिर घूम रहा है और न जाने क्यों ऐसा लगता है कि मेरे पैरों में जान नहीं है।"

मीरा को डॉक्टर त्रिपाठी की कही बात याद हो आई, उसकी नज़रें कमरे में इधर-उधर कुछ ढूँढ़ने लगीं, शायद हिम्मत। उसने एक लम्बी साँस भरी, "तुम्हारे पैर पैरालाइज़्ड हो गए हैं," मीरा इतना कहकर चुप हो गई। ये सुनकर श्लोक का चेहरा ज़र्द पड़ गया।

"लेकिन, डॉक्टर ने कहा है कि फ़िज़ियोथेरेपी से ठीक होने की पूरी उम्मीद है," उसने उसके सिर पर हाथ फेरते हुए अपनी बात पूरी की।

श्लोक को अपने कानों पर यक़ीन नहीं हुआ। क्या पता, मीरा बस उसे सांत्वना दे रही थी या वाक़ई वो फिर से चल-फिर पाएगा!

"क्या तुम्हें यक़ीन है कि मैं फिर से चल-फिर सकूँगा?"

"अगर तुम्हें मुझ पर यक़ीन नहीं तो मैं डॉक्टर को बुला देती हूँ, तुम ख़ुद ही पूछ लो।"

"नहीं-नहीं, मुझे तुम्हारी बात पर यक़ीन है। लेकिन..."

"हौसला रखो। सब ठीक हो जाएगा।"

"अनुराग कहाँ है?"

"वो बाहर इंतज़ार कर रहा है। डॉक्टर ने सिर्फ़ किसी एक को ही अन्दर आने की अनुमति दी थी। अगर तुम चाहो तो मैं उसे भेज देती हूँ अन्दर।"

"नहीं, ठीक है। मैं उससे बाद में मिल लूँगा। तुम यहीं बैठो मेरे पास थोड़ी देर।"

"ठीक है, मैं यहाँ सोफ़े पर बैठती हूँ। तुम थोड़ी देर आराम कर लो। अगर तुम्हें कुछ चाहिए हो तो मुझे बता देना।"

मीरा बेड के पास रखे सोफ़े पर बैठ गई और टेबल पर से एक मैगज़ीन उठाकर पढ़ने लगी।

कुछ देर में डॉक्टर त्रिपाठी कमरे में दाख़िल हुए, "अब कैसा महसूस कर रहे हैं आप मिस्टर सिंह?"

"पैरों से पैरालाइज़्ड आदमी कैसा महसूस कर सकता है भला!" उसने क्रुद्ध होकर कहा।

"मैं समझ सकता हूँ मिस्टर सिंह। लेकिन मेरा यक़ीन मानिए, इलाज से आप ठीक हो जाएँगे। हौसला रखिए।"

श्लोक ख़ामोश रहा। उसके चेहरे की झुर्रियाँ गहराने लगी थीं, वो अपनी उम्र से कहीं ज़्यादा उम्रदराज़ दिखने लगा था। उसके पैरों में जान नहीं था और न ही ऊपरी देह में ताक़त थी, और उसका मन... जैसे किसी गहरे दलदल में धँसता चला जा रहा था। बाहर की तेज़ बारिश से उसके मन में एक कोलाहल मचने लगा था। बाहर बूँदों की ध्वनि जैसे-जैसे तेज़ होती जाती, उसके मन का विषाद और गहरा होता जाता।

"आप लोग मुझे थोड़ी देर अकेला छोड़ दीजिए," उसकी आवाज़ में एक चिड़चिड़ापन था। वो फिर से अपने कमरे की खिड़की के बाहर देखने लगा। पता नहीं वो खिड़की के बाहर क्या खोज रहा था।

मीरा और डॉक्टर त्रिपाठी कमरे के बाहर चले गए। अनुराग अब भी वेटिंग रूम में बैठा इंतज़ार कर रहा था। मीरा को देखते ही वो अपनी जगह से उठा और भागता हुआ उसके पास आया, "कैसे हैं श्लोक अब?"

"कैसा हो सकता है?" मीरा ने उत्तर में इससे ज़्यादा कुछ नहीं कहा।

"क्या मैं उन्हें देख सकता हूँ?" अनुराग ने डॉक्टर से पूछा।

"अभी थोड़ी देर में। अभी मिस्टर सिंह एकान्त चाहते हैं।"

अनुराग ने हामी भरी और अपनी जगह पर वापस लौट गया।

"मिसेज़ सिंह, आप मेरे साथ चलिए। मुझे आपसे कुछ ज़रूरी बात करनी है।" मीरा डॉक्टर से बात करते हुए उनके साथ ही चली गई। अनुराग थोड़ी देर वहीं बैठा रहा, लेकिन वो ज़्यादा देर रुक नहीं पाया। वो श्लोक को देखना चाहता था। उससे पूछना चाहता था कि वो ठीक है या नहीं? वो बिना किसी से पूछे श्लोक के कमरे की ओर चल पड़ा।

डरते-डरते उसने दरवाज़ा खोला, श्लोक आँखें बन्द करके लेटा हुआ था। उसके आने की आहट से वो जाग गया। कुछ देर तक दोनों एक-दूसरे को चुपचाप देखते रहे। अनुराग उसे गले से लगा लेना चाहता था, उसके माथे को चूम लेना चाहता था। लेकिन उसने अपने आप को रोक लिया—उसे अब श्लोक से दूर चले जाना होगा, और जाते-जाते वापसी के सारे रास्ते भी बन्द कर देने होंगे।

"कैसे हैं?" अनुराग ने पास बैठते हुए पूछा।

"कुछ दिन पहले हम कैसे हँस-बोल रहे थे। किसे पता था कि एक हफ़्ते बाद मेरे पैर और मेरी ज़िन्दगी दोनों ही अपंग हो जाएँगे।"

"मैं समझ सकता हूँ कि आप कैसा महसूस कर रहे हैं," अनुराग ने दिलासा दिया।

"नहीं, तुम कुछ नहीं समझ सकते। तुम चल-फिर सकते हो, उठ-बैठ सकते हो, चाहो तो दौड़ भी सकते हो। न तुम अस्पताल की इस चारदीवारी में क़ैद हो और न ही अपंग। बताओ, कैसे समझ सकते हो?" उसने खीजकर कहा।

"आपने ठीक कहा। मैं नहीं समझ सकता," ठीक जैसे बारिश रुक जाने के बाद एक अजीब सा सन्नाटा छा जाता है, वैसा ही सन्नाटा

अस्पताल के इस कमरे के अन्दर आ चुका था। बाहर तूफ़ान रुक चुका था, लेकिन अन्दर कमरे का तूफ़ान... वो अब भी...!

"**मीरा** ने तुमसे ज़रूर पूछा होगा कि तुम मैक्लॉडगंज में क्या कर रहे थे?"

"हाँ, पूछा था।"

"तुमने क्या कहा?"

"मैंने उसे सब बता दिया।"

"सब बता दिया, मतलब?"

"यही कि आप और मैं एक-दूसरे से प्यार करते हैं। पाँच साल पुराना हमारा ये रिश्ता अब तक हमने मीरा से छुपाकर रखा था।"

"क्या?" श्लोक को अपने कानों पर यक़ीन नहीं हुआ।

"ये तुमने क्या किया अनुराग? तुमने सब कुछ ख़त्म कर दिया। मैंने तुमसे कहा था न कि मैं ख़ुद ही मीरा को सब कुछ बताऊँगा। आख़िर ऐसी क्या मजबूरी थी जो तुमने ये क़दम उठाया?" श्लोक का चेहरा ग़ुस्से में लाल हो गया था और उसकी नज़रें अनुराग पर गड़ी हुई थीं, "बतलाओ अनुराग, चुप क्यों हो?"

# 4

**अनुराग** का फ़ोन लगातार बज रहा था, लेकिन वो गाड़ी चलाते वक़्त कभी फ़ोन नहीं देखा करता था, फिर चाहे कितना ही ज़रूरी फ़ोन क्यों न हो। लेकिन,.ऐसा लगता था कि बहुत सारे लोग उससे इस वक़्त सम्पर्क करने की कोशिश कर रहे थे, वरना ऐसा शायद ही कभी होता था कि उसका फ़ोन यूँ लगातार बजता रहे।

घर के बाहर गाड़ी पार्क करने के बाद जब उसने अपना फ़ोन देखा, तो उसमें बीस मिस्ड कॉल्ज़, अनगिनत मैसेजेस और फ़ेसबुक-ट्विटर के नोटिफ़िकेशन थे। उसने फ़ोन जेब में रखा और घर का ताला खोलकर, सीधा अपने बेडरूम में चला गया। बालकनी का दरवाज़ा और खिड़कियों को कई दिन से खोला नहीं गया था, शायद इसलिए कमरे में एक अजीब सी बदबू थी। उसने कमरे की सारी खिड़कियाँ और बालकनी का दरवाज़ा खोल दिया। जूते उतारकर पलंग पर लेट गया। उसने अपना फ़ोन उठाया तो पाया कि साहित्य जगत के उसके दोस्तों के ढेरों कॉल और मैसेज आए हुए थे। मैसेज में सब उससे एक ही बात पूछ रहे थे, "तुम ठीक तो हो?" उसे इस सवाल का मतलब समझ में नहीं आया। वो ठीक नहीं था,

ये बात उसके दोस्तों को कैसे पता चली? हाँ, ये अलग बात है कि उसकी ज़िन्दगी मझधार में कहीं फँसी हुई थी, जहाँ से न वापस आना सम्भव था और न उस पार जाना। वो तो बस नदी किनारे की वो नाव बनना चाहता था, जो देश-विदेश घूमकर वापस लौटी हो, और अब जानती हो उसे किस किनारे अपनी बाक़ी की ज़िन्दगी गुज़ारनी है। लेकिन, क्या उसे वो किनारा मिलेगा?

उसने जब ट्विटर खोला तो पाया कि #HangAnuragTheHomo-sexual ट्रेंड कर रहा था। उसे अपनी आँखों पर यक़ीन नहीं हुआ। कहीं ये कोई दु:स्वप्न तो नहीं था? दु:स्वप्न ही होगा। उसे इब्राहिम पर पूरा भरोसा था, वो जानता था कि वो उसके साथ इतना बड़ा विश्वासघात कभी नहीं करेगा। लेकिन फिर, इब्राहिम के अलावा सिर्फ़ मीरा और श्लोक उसकी सच्चाई जानते थे। श्लोक अस्पताल में था, वो कैसे किसी को ये सब बता सकता था। और फिर इससे उसकी ख़ुद की सच्चाई भी तो दुनिया के सामने आ जाएगी। नहीं, श्लोक ने ये नहीं किया होगा। कहीं मीरा ने तो ग़ुस्से में आकर...? नहीं-नहीं, ये वो क्या सोचने लगा।

लोग ट्विटर पर उसे गालियाँ दे रहे थे। जान से मार देने की धमकी दे रहे थे। हर एक ट्वीट में एक ऑडियो क्लिप थी; उसने उसे चलाया। ऑडियो में उसी की आवाज़ थी और वो किसी को विस्तार में श्लोक और अपने रिश्ते के बारे में बता रहा था। उसके पैरों तले जैसे ज़मीन खिसक गई। वो समझ नहीं पा रहा था कि आख़िर ये कब की बात है और किसने उसकी आवाज़ रिकॉर्ड की होगी? बहुत कोशिश करने पर भी उसे कुछ याद नहीं आ रहा था। लगता था जैसे वह बात किसी ने उसकी याददाश्त से मिटा दी हो।

वो बिस्तर पर लेट गया और छत को घूरने लगा; जैसे भगवान

से कह रहा हो, मुझे इस संकट से निकालो। कभी-कभी अपने आप को झकझोरने के बाद, कुछ एहसास ज़मीन पर गिरकर मिट्टी में मिल जाते हैं। आख़िर हर किसी को बन्दी तो नहीं रखा जा सकता। अनुराग उन तमाम सवालों से और उन सैकड़ों एहसासों से आज़ादी चाहता था।

कहीं उस ड्राइवर ने उसकी बातें रिकॉर्ड तो नहीं कर ली थी? उस दिन जब वो टैक्सी में मीरा के घर से अपने घर लौट रहा था, तब उसने इब्राहिम को फ़ोन किया था। उसने इब्राहिम को श्लोक और अपने रिश्ते के बारे में सब कुछ खुलकर बताया था। उस वक़्त वो ड्राइवर अपने फ़ोन पर लगातार कुछ कर रहा था। हो-ना-हो, उस वक़्त वो उसकी बातें रिकॉर्ड कर रहा था। अपने फ़ैन होने का क्या सही सिला दिया था उसके इस पाठक ने। क्या पता, उसे किसी मीडिया वाले ने इस क्लिप के अच्छे-ख़ासे पैसे भी दिए हों। अनुराग ये जानता था कि एक-ना-एक दिन उसका ये राज़ दुनिया के सामने खुल जाएगा, लेकिन... अभी इस वक़्त क्यों? लेकिन मुसीबत समय और तिथि देखकर तो आती नहीं।

ट्विटर पर उसके तमाम विरोधी एकजुट हो गए थे—कुछ समूह समाज और संस्कृति के नाम पर उसे गालियाँ दे रहे थे। कुछ संस्थानों ने ऐसे वीडियो पोस्ट किए थे जिसमें लोग उसकी तस्वीरें और किताबें जलाते हुए नज़र आ रहे थे। एक-दो नेताओं ने तो उसका सिर काट देने पर इनाम तक रख दिया था—पाँच लाख, दस लाख। दूसरी ओर उसके दोस्त, चाहनेवाले और शुभचिन्तक मिलकर उन संस्थानों, समूहों और लोगों का डटकर सामना कर रहे थे। इस लड़ाई में भले ही उसके विरोधी संख्या में ज़्यादा थे, लेकिन उसका साथ देने वालों का प्रेम विरोध करने वालों की नफ़रत से कहीं बढ़कर था। ये लड़ाई सही और ग़लत की या सच और झूठ की नहीं थी, ये लड़ाई थी हक़ की। वो हक़ जो हर किसी

को मिलना चाहिए; अपनी मर्ज़ी से प्रेम करने का हक़—फिर चाहे उसका साथी किसी भी धर्म, जाति, तबके का हो या फिर समलिंगी। क्या इनसान अपनी इच्छानुसार प्रेम भी नहीं कर सकता?

ऐसा नहीं था कि उसके पास, उसे ट्रोल करने वालों के लिए या उसका विरोध करने वालों के लिए जवाब या तर्क नहीं था। बेशक था। लेकिन, इस वक़्त न वो किसी को कोई जवाब देना चाहता था और न ही किसी से बात ही करना चाहता था। वो बस एकान्त चाहता था, शान्ति चाहता था। उसने अपना फ़ोन बन्द कर दिया और बिस्तर के पास वाले टेबल के दराज़ में रख दिया। लैंडलाइन फ़ोन का रिसीवर भी उठाकर नीचे रख दिया, ताकि किसी भी माध्यम से कोई उससे सम्पर्क न कर सके।

कपड़े बदलकर वो रसोईघर से अपने लिए गिलास, पानी की बोतल और आइस-बॉक्स में बर्फ़ भरकर ले आया। खिड़कियाँ और बालकनी का दरवाज़ा बन्द कर उसने अपने लिए ड्रिंक बनाई। अब तक तो शायद मीरा को भी ये ख़बर मिल गई होगी। हालाँकि वो फ़ेसबुक और ट्विटर बहुत कम ही देखती है, लेकिन किसी न किसी ने उसे ये ख़बर दे ही दी होगी। शायद उसे लग रहा होगा कि मुझे मेरे कर्मों की सज़ा मिल रही है। नहीं-नहीं, मीरा मेरे बारे में ऐसा कभी नहीं सोच सकती। क्या पता, वो भी मुझे फ़ोन कर रही होगी। या शायद...

वह नहीं जानता था कि उसका रास्ता सही था या ग़लत; इस नतीजे पर पहुँचने की क्षमता अब वो खो चुका था। उसे इस रास्ते पर लाने वाला न उसका विवेक था न उसका अवचेतन मन, न कोई मार्गदर्शक था न ईश्वर, न ज्ञान था और न ही उसका अनुभव। उसे इस मार्ग पर लाने वाला एकमात्र प्रेम था, श्लोक से उसका अपार प्रेम।

देर तक वो शराब पीता रहा, इस उम्मीद में कि नशे में शायद उसे

नींद आ जाएगी। लेकिन ऐसा नहीं हुआ। वो देर तक खिड़की के बाहर देखता रहा, पूर्णिमा की रात थी, चाँद खिड़की से झाँक तो रहा था, लेकिन वो उसके मन के अँधेरे को मिटाने में असमर्थ रहा था।

जैसे-तैसे करवट बदलकर उसने रात काटी। सुबह जब हुई तब बाहर के शोरगुल से उसकी आँख खुल गई। उसने बिस्तर के पास वाले टेबल से अपना फ़ोन निकाला, जो कल रात से बन्द था। उसने फ़ोन ऑन किया, सुबह के दस बज रहे थे। खिड़की से बाहर झाँकने पर पता चला, मीडिया वालों का जमावड़ा उसके घर के सामने लगा हुआ था; सबको एक सनसनीख़ेज़ हेडलाइन जो चाहिए थी। लोग नारे लगा रहे थे : पश्चिमी संस्कृति मुर्दाबाद...अनुराग सिंह मुर्दाबाद... कुछ लोग उसका पुतला जला रहे थे तो कुछ उसकी किताबें। कुछ किताबों के पन्ने फाड़कर अपने पैरों से रौंद रहे थे तो कुछ पन्नों को आग में झोंक रहे थे। पुलिस के कुछ लोग भी थे वहाँ, लेकिन वो लोग चुपचाप खड़े होकर तमाशा देख रहे थे। किसी ने उसकी खिड़की पर पत्थर मारा, काँच का एक बड़ा सा टुकड़ा अनुराग के पैरों के पास आकर गिरा। उसके विरोधी पूरे जोश-व-ख़रोश से नारे लगा रहे थे। आसपास के घरों के लोग अपनी-अपनी खिड़कियों, बरामदों से ये नज़ारा देख रहे थे। मनोरंजन किसे अच्छा नहीं लगता और वो भी मुफ़्त का।

अनुराग का फ़ोन इस वक़्त भी बन्द था। उसे अचानक याद आया कि इब्राहिम ने कल रात उसे मैसेज किया था कि वो आज ग्यारह बजे उसके यहाँ आएगा। उसने तुरन्त अपना फ़ोन ऑन किया और जैसे ही वो इब्राहिम का नम्बर डाइल करने जा रहा था कि एक बड़ा सा पत्थर उसकी खिड़की के काँच को तोड़ता हुआ उसके घुटने में आकर लगा।

इतना आक्रोश, इतनी नफ़रत, इतनी घृणा—न जाने ये लोग किसकी

हस्ती मिटाना चाहते थे; एक लेखक की जो समलैंगिक था, उसकी प्रेम-कहानी की, या फिर महज़ वो सिर्फ़ उस सोच का गला दबा देना चाहते थे जो प्रेम करने की आज़ादी चाहती थी?

उसने इब्राहिम को एक मैसेज भेजा, "तुम मेरे यहाँ मत आना। मेरे बारे सबको पता चल चुका है और यहाँ बहुत भीड़ है, मीडिया के लोग जमा हैं घर के चारों ओर, और लोग मेरे ख़िलाफ़ नारे लगा रहे हैं, मेरी किताबें और मेरा पुतला जला रहे हैं, कुछ लोग मेरे घर पर पत्थर भी बरसा रहे हैं। तुम्हारा आना ख़तरे से ख़ाली नहीं होगा।" वो नहीं चाहता था कि उसकी वजह से इब्राहिम को कोई चोट पहुँचे, या फिर वो किसी मुसीबत में पड़े।

**एक** हफ़्ते बाद, श्लोक को अस्पताल से डिस्चार्ज करने का वक़्त आया। पिछले एक हफ़्ते श्लोक मीरा से आँखें नहीं मिला पाया; ये उसका अपराधबोध था या शर्म, इस नतीजे पर श्लोक अभी तक नहीं पहुँच पाया था। मीरा ने पिछले एक हफ़्ते में एक बार भी उसे ये एहसास नहीं होने दिया था कि वो उसके और अनुराग के बारे में सब कुछ जान चुकी है। ये उसकी उदारता का परिचय था या फिर उसके कर्तव्यबोध का, या फिर उसके पवित्र मन का—ये निर्णय किसके ज़िम्मे था—श्लोक के या मीरा के!

श्लोक मीरा को चोट नहीं पहुँचाना चाहता था और न ही उसे धोखा ही देना चाहता था। लेकिन, धीरे-धीरे वो अनुराग की ओर आकर्षित होता चला गया था, और वो इस आकर्षण को नज़रअन्दाज़ नहीं कर पाया था। जब उसे अनुराग से प्रेम हुआ और उसने ये पाया कि अनुराग भी उससे उतना ही प्रेम करता है, तो उसे न जाने क्यों, इस रिश्ते में कुछ भी ग़लत नहीं लगा था। प्रेम में कभी कुछ नाजायज़ कहाँ होता है।

**अनुराग** और मीरा ने डिस्चार्ज की सारी औपचारिकताएँ पूरी कर ली थीं। अनुराग श्लोक की गाड़ी लेकर आया था। श्लोक को गाड़ी में सामने बिठाया गया और उसकी व्हीलचेयर पीछे वाली सीट पर रख दी गई। मीरा पीछे बैठी थी, और उसके सामने उसके दोनों गुनहगार।

ग्राउंड फ़्लोर पर मेहमानों के लिए एक कमरा था, उसे मीरा ने श्लोक के लिए तैयार कर दिया था। श्लोक की स्टडी-टेबल, कुर्सी, किताबें और उसकी दिनचर्या की बाक़ी चीज़ें, सब उस कमरे में सजा दी गई थीं। कमरे का एक दरवाज़ा बाहर लॉन की ओर खुलता था; श्लोक जब चाहे अपनी व्हीलचेयर में वहाँ जा सकता था।

मीरा और अनुराग ने मिलकर श्लोक को बिस्तर पर लेटा दिया। मीरा ने कमरे की सारी खिड़कियाँ खोल दी और साथ ही लॉन का दरवाज़ा भी। बाहर लॉन में धूप की किरणें नीम और कटहल के पेड़ पर सुस्ता रही थीं। घास पर अब भी रात की बारिश की कुछ बूँदें बची हुई थीं। गिलहरियाँ कभी पेड़ पर चढ़ रही थीं तो कभी गीली घास पर लोट-पोट रही थीं। बाहर लॉन में सब कुछ जितना जीवंत और मनोरम था, अन्दर कमरे में उतना ही नीरस और नि:शब्द। पतझड़ इस घर में और इस कमरे में भी, अब प्रवेश कर चुका था। वो पतझड़ था मीरा और श्लोक के रिश्ते के बीच का नया मौसम, और शायद आख़िरी भी।

**श्लोक** की देखभाल के लिए कोई चाहिए था। मीरा अपना कैफ़े बन्द नहीं करना चाहती थी, और करती भी क्यों! मीरा ने ये तय किया कि श्लोक के लिए एक नर्स रख देगी। लेकिन जैसे ही मीरा ने ये प्रस्ताव श्लोक के सामने रखा, "मैं अपना ध्यान ख़ुद रख सकता हूँ," ये कहकर उसने उसका प्रस्ताव ठुकरा दिया।

"क्या मैं अनुराग को कह दूँ?" मीरा ने एक और कोशिश की।

"मैंने कहा ना, मैं अपना ध्यान ख़ुद रख सकता हूँ," पता नहीं क्यों अनुराग का नाम सुनते ही वो तिलमिला-सा गया था। अनुराग उस वक़्त कमरे में नहीं था। वो बाहर लॉन में किसी से फ़ोन पर बात कर रहा था।

"श्लोक—मैं तुम्हारा ग़ुस्सा समझ सकती हूँ। लेकिन ये वक़्त ग़ुस्सा करने का नहीं है, अगर तुम जल्दी ठीक होना चाहते हो, तो तुम्हारी देखरेख के लिए कोई होना चाहिए। तुम आराम से सोच लो, फिर मुझे बताना। कोई जल्दी नहीं है," मीरा ये कहकर अपने कमरे में जाने लगी। तभी अनुराग लॉन से वापस कमरे में दाख़िल हुआ, उसने श्लोक और मीरा से विदा ली और वहाँ से निकल गया।

श्लोक बिस्तर पर लेटे-लेटे बाहर बग़ीचे की ओर देखने लगा, और न जाने कब उसकी आँख लग गई। क़रीब एक घंटे बाद, मीरा श्लोक के कमरे में दाख़िल हुई। उसकी दवाइयों का वक़्त हो चला था। श्लोक को ऐसे सोता देख, एक पल के लिए मीरा को उस पर प्यार आया, लेकिन फिर अगले ही पल, उसका वो प्यार घृणा में बदल गया। उसने उसे जगाया और बेड-टेबल के दराज़ से दवाइयाँ निकालने लगी।

"तुम अनुराग से कह दो, बशर्ते कि उसके पास मेरे लिए वक़्त हो।"

"उसके पास तुम्हारे लिए हमेशा से ही वक़्त रहा है और मुझे यक़ीन है कि आगे भी रहेगा," मीरा ने सहजता से कहा।

मीरा ने तुरन्त अनुराग को फ़ोन किया, "श्लोक नहीं चाहता कि उसकी देखरेख के लिए नर्स रखी जाए, और मैं अपना कैफ़े बन्द नहीं करना चाहती। तुम कुछ दिन उसकी देखभाल कर सकते हो?"

"इसमें पूछने वाली कौन सी बात है मीरा," अनुराग ने तुरन्त हामी भरी।

**अनुराग** रोज़ सुबह दस बजे आ जाया करता और शाम छह-साढ़े छह तक वहीं रहता। मीरा कैफ़े से छह बजे तक आ जाती, और उसके आते ही अनुराग वहाँ से चला जाता। इस घर में अब कोई किसी से कुछ बोलता नहीं था; न श्लोक और अनुराग आपस में बात करते थे, न मीरा और अनुराग के बीच कुछ कहने-सुनने को बाक़ी रह गया था। श्लोक और मीरा के बीच की दूरी अब गहराने लगी थी।

सुबह के वक़्त जब अनुराग श्लोक की देखरेख के लिए आता था, तो उसके कमरे में थोड़ी देर ही रुकता था। दोनों के होंठों पर बस एक अधूरी सी मुस्कुराहट होती थी, ठीक उनकी ज़िन्दगी की तरह।

अनुराग श्लोक से उसकी तबीयत पूछता, जवाब में श्लोक "ठीक हूँ," कहकर चुप हो जाता।

श्लोक दिन-भर अपने कमरे में ही रहता; कभी वो कोई किताब पढ़ रहा होता तो कभी अपनी डायरी में कुछ लिख रहा होता। जब बोर हो जाता तो अनुराग से कहता कि उसे व्हीलचेयर में बिठा दे। फिर वो लॉन की ओर चला जाता।

सुबह ठीक ग्यारह बजे फ़िज़ियोथेरेपिस्ट आता था और बाहर लॉन में एक घंटे श्लोक को पैरों के व्यायाम कराता था। रविवार छोड़कर फ़िज़ियोथेरेपिस्ट हर दिन आता था। फ़िज़ियोथेरेपी के दौरान श्लोक कई बार दर्द से चीख़ता-कराहता। और कई बार तो फ़िज़ियोथेरेपी होने के एक-दो घंटे बाद तक उसके पैरों में दर्द रहता।

**अनुराग** हर रोज़ अपना लैपटॉप, कॉपी, क़लम और कुछ किताबें लेकर आता और ड्रॉइंग रूम में जहाँ डाइनिंग टेबल भी लगा हुआ था, वहीं बैठकर अपना काम करता रहता। ये उसकी नई स्टडी बन गई थी। सोशल

मीडिया पर अब भी अनुराग को लोग गालियाँ दे रहे थे, उसे जान से मार देने की धमकी दे रहे थे, जगह-जगह पर उसके पुतले अब भी जलाए जा रहे थे। एक अजीब सा शोर उसके मन में घर करने लगा था—ये शोर था उसके ग़ुस्से का, दर्द का और वेदना का। उसका अधूरा सच दुनिया के सामने उजागर हो चुका था, और दुनिया को अपने अन्तिम निर्णय पर पहुँचने के लिए कभी भी पूरे सच को जानने की ज़रूरत नहीं पड़ती। लेकिन, फिर भी उसे अपना पूरा सच लिखना था, दुनिया के लिए नहीं, बल्कि अपने लिए। बहुत सोच-विचार के बाद अनुराग ने अपनी डायरी लिखनी शुरू कर दी थी।

**मीरा** जब घर पर रहती थी, तब अपने आप को घर के कामों में व्यस्त रखती थी। श्लोक से वो बस तब ही बात करती जब उसे खाना देना होता था या फिर दवाइयाँ। या जब उसे व्हीलचेयर से उठाकर सुलाना होता था। जैसे-जैसे दिन बीतते जा रहे थे, उनके बीच की दूरियाँ भी बढ़ती जा रही थीं। एक कुरूप सा सन्नाटा इस घर में चारों पहर छाया रहता था—दीवार पर टँगी मुस्कुराती तस्वीरों से लेकर घर की एक-एक चीज़ जैसे किसी शोक-सभा का हिस्सा बन चुके थे।

मीरा ने कई बार सोचा कि शायद श्लोक उससे बात करेगा, उसने जो किया, आख़िर क्यों किया, वो सब उसे खुलकर बताएगा। लेकिन, श्लोक इतना बुज़दिल निकलेगा, उसने सपने में भी नहीं सोचा था। और ऐसे बुज़दिल इनसान के साथ वो एक छत के नीचे अब ज़्यादा दिन नहीं रह सकती थी।

**अनुराग** रात भर ठीक से सो नहीं पाया। रात ठीक से न सो पाने के कारण

सुबह उठने में उसे देर हो गई। वो साढ़े नौ बजे हड़बड़ाकर उठा। उसे दस बजे श्लोक के यहाँ पहुँचना होता था और आज तो मीरा का जन्मदिन भी था। वो तो ये नहीं जानता था कि अगर वो देर से पहुँचा तो क्या मीरा उस पर पहले की तरह ग़ुस्सा करेगी? लेकिन, नाराज़ होने का हक़ अनुराग मीरा से अब छीन चुका था। उसे वो तमाम बातें याद आने लगीं, जब उसके पाँच मिनट देर से पहुँचने पर मीरा आसमान सिर पर उठा लेती थी। और वो चुपचाप उसकी डाँट सुन लेता था। जिससे आप प्यार करते हैं, उनकी डाँट-फटकार भी आप सिर झुकाकर सुन लेते हैं। लेकिन, क्या मीरा अब उससे...?

अनुराग साढ़े दस बजे श्लोक के घर पहुँचा। दरवाज़े की घंटी बजाने के बाद वो बस ये दुआ कर रहा था कि मीरा उससे नाराज़ हो—कम-से-कम इससे ये तो साबित हो जाएगा कि मीरा अब भी उसे अपना मानती है। कभी-कभी इनसान किसी अपने से प्रेम की नहीं बल्कि सिर्फ़ ग़ुस्से की उम्मीद करता है।

मीरा कैफ़े जाने के लिए तैयार बैठी थी। मीरा ने दरवाज़ा खोला और बिना उससे कुछ कहे ही अपने कमरे में चली गई। अनुराग अन्दर आया और डाइनिंग टेबल पर अपनी चीज़ें रखकर वहीं चुपचाप बैठ गया।

जब मीरा कैफ़े के लिए निकलने लगी तब अनुराग ने उसे रोका, “हैप्पी बर्थ डे मीरा...” लेकिन इसके पहले कि अनुराग अपनी बात पूरी करता, मीरा बिना कुछ कहे ही, अनुराग की बात को अनसुना करके वहाँ से चली गई। अनुराग को मीरा के इस रवैये से कोई शिकायत नहीं थी। अनुराग रोज़ की तरह श्लोक के कमरे में गया। श्लोक बिस्तर पर बैठा बाहर लॉन की ओर देख रहा था।

“आज मीरा का जन्मदिन है। तुमने उसे विश किया?” श्लोक ने बाहर देखते हुए पूछा।

"हाँ, मैंने कोशिश की।"

"क्या मतलब, कोशिश की?"

"मुझे इस बारे में कोई बात नहीं करनी," अनुराग ने खीजकर कहा।

"मैं आप दोनों के लिए आपके पसन्दीदा रेस्तराँ में एक टेबल बुक कर दूँ? जब से आप अस्पताल से आए हैं, कहीं बाहर नहीं गए। मीरा को भी अच्छा लगेगा," अनुराग ने फिर कुछ रुककर कहा।

"पता नहीं अनुराग। हम दोनों में अब कोई बातचीत नहीं होती। शायद मीरा मेरा ध्यान सिर्फ़ अपना कर्तव्य पूरा करने के लिए रख रही है। पता नहीं मैं उसके इस उपकार के लायक़ हूँ भी या नहीं," कहते-कहते श्लोक का गला भर आया।

अनुराग श्लोक के लिए पानी लेकर आया लेकिन श्लोक ने पीने से इनकार कर दिया।

"कॉफ़ी पीएँगे?" अनुराग श्लोक को इस हाल में अकेले नहीं छोड़ना चाहता था।

"नहीं, तुम पी लो। मेरा मन नहीं है।"

"मैं कॉफ़ी बनाकर लाता हूँ। साथ में पीएँगे," अनुराग कॉफ़ी बनाने चला गया। कॉफ़ी का ट्रे लेकर जब अनुराग वापस श्लोक के कमरे में आया, तब श्लोक अपने लैपटॉप पर नज़रें गड़ाए बैठा था।

"कुछ लिख रहे हैं?" अनुराग ने कॉफ़ी का ट्रे बिस्तर पर रखते हुए पूछा।

"हाँ, मैं एक उपन्यास पर काम कर रहा हूँ," इतना कहकर श्लोक वापस अपने काम में जुट गया। अनुराग कुछ देर तक बिस्तर के पास खड़ा रहा कि शायद श्लोक अपने उपन्यास के बारे में कुछ और बताएगा, लेकिन वो चुप रहा। उसकी आँखें उसके लैपटॉप पर गड़ी हुई थीं। अनुराग

ने श्लोक की कॉफ़ी बेड-टेबल पर रख दी और अपनी कॉफ़ी लेकर ड्रॉइंग रूम में चला गया।

पूरे दिन श्लोक अपने कमरे में, और अनुराग ड्रॉइंग रूम में अपना-अपना काम करते रहते। दोनों के लैपटॉप में एक-दूसरे के लिए सैकड़ों शब्द थे, लेकिन वो तमाम शब्द एक-दूसरे से उतने ही दूर थे, जितना कि श्लोक और अनुराग एक-दूसरे से।

**मीरा** आज कैफ़े से थोड़ा जल्दी घर आ गई थी। अनुराग बाहर बग़ीचे में बैठा कोई किताब पढ़ रहा था और श्लोक सो रहा था। अनुराग पढ़ने में इतना मसरूफ़ था कि उसे पता ही नहीं चला कि कब मीरा उसके पीछे आकर खड़ी हो गई। मीरा ने उसके कन्धे पर हाथ रखा जिससे वो भौचक्का रह गया।

"तुम्हें आज शाम कोई काम तो नहीं?" मीरा ने पूछा।

"नहीं, क्यों, क्या बात है?"

"कुछ ख़ास नहीं। मैं सोच रही थी कि बाहर से खाना मँगाऊँ। आख़िर आज मेरा जन्मदिन जो है।"

अनुराग समझ नहीं पाया, सुबह जब मीरा घर से कैफ़े के लिए निकली थी, तब उसका रवैया कुछ और ही था। वो तो ये तक नहीं जान पाया था कि वो उससे नाराज़ थी, उससे बात नहीं करना चाहती थी या फिर उसे नज़रअन्दाज़ करना चाहती थी। आख़िर सुबह से शाम के बीच ऐसा क्या बदल गया था?

"किस सोच में पड़ गए?" मीरा के स्वर में एक कौतूहल था।

"नहीं-नहीं, कुछ नहीं। आज तुम्हारा जन्मदिन है, मैं कैसे शाम को कहीं और हो सकता हूँ, सिवाय तुम्हारे साथ होने के," अनुराग ने मुस्कुराकर कहा।

"ठीक है। चलो फिर श्लोक को जगा देते हैं," मीरा और अनुराग श्लोक के कमरे में दाख़िल हुए।

श्लोक पहले ही जाग चुका था। उन दोनों को साथ में मुस्कुराता हुआ देखकर, वो कुछ समझ नहीं पाया। जब इनसान बहुत दुखी होता है, तो ख़ुशियाँ उसके सामने खड़ी भी हों, तो भी वो उन्हें देख नहीं पाता। ये उसके मरे हुए हौसले और बुझे हुए यक़ीन की पहचान होती है कि चाहे कुछ भी हो जाए, ख़ुशियाँ अब कभी लौटकर नहीं आ सकतीं। लेकिन ख़ुशियाँ लौट आती हैं, चाहे मन के दरवाज़े बन्द ही क्यों न हों, वो ढूँढ़ ही लेती हैं आप तक पहुँचने का रास्ता।

मीरा बिस्तर पर श्लोक के बग़ल में बैठ गई, "मैं बाहर से खाना मँगवाने जा रही हूँ। बताओ तुम्हारा क्या खाने का मन है? तुम्हारा जन्मदिन भी हम पिछले महीने नहीं मना पाए थे।"

मीरा की इस उदारता पर उसका मन एक क्षण के लिए असमंजस में पड़ गया था।

"क्या सोचने लगे?" मीरा ने पूछा।

"नहीं, कुछ नहीं," श्लोक ने अपने आप को सँभालते हुए कहा।

"तुम दोनों का जो मन हो मँगवा लो। तुम दोनों तो मेरी पसन्द-नापसन्द अच्छे से जानते हो," श्लोक ने सहज बनके बोलने का प्रयास करते हुए कहा।

"तो ठीक है। मैं चाइनीज़ ऑर्डर कर देती हूँ," मीरा ये कहकर ड्रॉइंग रूम में आ गई। अनुराग भी मीरा के साथ ड्रॉइंग रूम की ओर जाने ही लगा था कि तभी उसका फ़ोन बजा। वो बात करता हुआ बाहर लॉन में चला गया।

**मीरा** ड्रॉइंग रूम सजाने में जुट गई; सोफ़े पर नये कवर चढ़ा दिये, कमरे की बत्तियाँ जला दीं, फूलदान में ताज़ा सफ़ेद लिली के फूल लगा दिए; जो वो कैफ़े से वापस आते वक़्त लाई थी, चाय-टेबल पर सुगन्धित मोमबत्तियाँ रख दी, साथ वाइन की दो बोतलें और तीन वाइन की गिलासें भी। घर का बैठकख़ाना अब पहले जैसा दिखने लगा था—ख़ुशगवार।

अनुराग जब ड्रॉइंग रूम में आया तो उसे अपनी आँखों पर यक़ीन नहीं हुआ।

अनुराग इस बात से सन्तुष्ट था कि मीरा ख़ुश थी, भले ही इस पल में ही सही। वो चाहता तो परिस्थिति को चीड़-फाड़कर फिर से दुख के समंदर में कूद सकता था, लेकिन ऐसा करके वो मीरा को ठेस नहीं पहुँचाना चाहता था। कम-से-कम आज के दिन तो बिलकुल भी नहीं। इनसान होना और दुखी होना एक ही बात है, ऐसे में इनसान को कभी-कभी दुख से विराम ले लेना चाहिए। शायद मीरा भी वही करने की कोशिश कर रही थी और वो उसका पूरा-पूरा साथ देना चाहता था।

अनुराग जब श्लोक के कमरे में पहुँचा तो वो कमरे में नहीं था। लॉन का दरवाज़ा खुला हुआ था। श्लोक बाहर एक कोने में बैठा हुआ था और आसमान की ओर देख रहा था। अनुराग ने उसे आवाज़ लगाई। श्लोक हड़बड़ाकर अपनी आँखें पोंछने लगा।

"आप रो क्यों रहे हैं?" अनुराग ने उसके कन्धे पर हाथ रखते हुए पूछा।

"क्या तुम नहीं जानते कि मैं क्यों रो रहा हूँ?"

"आज मीरा का जन्मदिन है, अपने लिए न सही, उसके बारे में तो सोचिए। कम-से-कम आज के दिन तो..."

"उसके बारे में सोचकर ही तो रो रहा हूँ। जानते हो, मैं अब उससे

नज़रें तक नहीं मिला पाता। क्या करूँ कुछ समझ में नहीं आता। शायद यही मेरे पापों की सज़ा है कि मैं यूँ घुट-घुटकर ज़िन्दा रहूँ," श्लोक का सारा शरीर काँप रहा था।

"रोइए मत। रोने से कुछ हासिल नहीं होता। हम दोनों की वजह से मीरा आहत हुई है, हमने उसकी ख़ुशियाँ छीनी हैं, और हमें ही वो ख़ुशियाँ उसे दोबारा लौटानी होंगी।"

"तुम ठीक कहते हो। लेकिन कैसे?"

**मीरा** जब रसोई से ड्रॉइंग रूम में वापस आई तो अनुराग और श्लोक दोनों ही वहाँ नहीं थे। वो श्लोक के कमरे में गई, वहाँ भी उन दोनों को न पाकर वो लॉन की तरफ़ बढ़ी। श्लोक की आँखें भीगी हुई थीं।

"क्या हुआ, तुम रो रहे हो क्या?" उसने श्लोक से पूछा।

"नहीं-नहीं, मेरी आँख में कुछ चला गया है, शायद कोई कीड़ा," श्लोक ने अपनी आँख मलते हुए कहा।

"लाओ तो मैं देखूँ ज़रा," मीरा ने उसकी आँख में ज़ोर से फूँका और फिर रूमाल से उसकी आँखों को पोंछने लगी।

"चलो, अब तैयार हो जाओ, मैं भी तैयार होने जा रही हूँ। और हाँ, अनुराग, तुम भी कपड़े बदल लो, तुम्हारे एक-दो जोड़े कपड़े तो होंगे यहाँ।"

"हाँ, हैं। तुम तैयार हो लो, मैं श्लोक को तैयार करके फिर तैयार हो जाऊँगा," अनुराग श्लोक को अन्दर ले जाने लगा।

कुछ ही देर में सब लोग तैयार हो गए। श्लोक को ड्रॉइंग रूम के सोफ़े पर बिठाकर अनुराग रसोई में मीरा की मदद करने चला गया। ड्रॉइंग रूम की सजावट देखकर श्लोक का मन थोड़ा हल्का हुआ। उसके होंठों पर

एक हल्की सी मुस्कुराहट तैरने लगी। न जाने कितने दिनों बाद उसे अपने आसपास रोशनी का एहसास हुआ। दीवार पर टँगी मुस्कुराती हुई तस्वीरें उसे उसके अतीत के ख़ुशनुमा गलियारों में ले जाने लगीं। वो कभी उन तस्वीरों को देखता तो कभी टेबल पर रखी सुगन्धित मोमबत्तियों को, कभी उसकी नज़र खिड़की पर टँगे रंगीन परदों पर अटक जाती तो कभी ड्रॉइंग रूम में टँगे झूमर पर; सब कुछ ही कितना ख़ुशगवार था, ठीक पहले जैसा।

"तुम जाओ श्लोक के साथ बैठो, मैं लेकर आता हूँ," अनुराग ने मीरा के हाथों से प्लेटें लेते हुए कहा।

अनुराग प्लेटें, गिलास इत्यादि लेकर ड्रॉइंग रूम में दाख़िल हुआ, डाइनिंग टेबल पर चीज़ें रखकर वो वापस रसोई की ओर जाने लगा।

"और कुछ नहीं लाना है," मीरा ने पीछे से आवाज़ दी।

"कुछ और लाना बाक़ी है। तुम बैठो, मैं लेकर आता हूँ," वो फ़्रिज में से कुछ निकाल रहा था।

**दो** मिनट बाद अनुराग हाथ में केक लेकर ड्रॉइंग रूम में दाख़िल हुआ। लेकिन जब मीरा रसोई में थी तो उसे ये केक कहीं दिखाई नहीं दिया था। मीरा को ये उम्मीद नहीं थी कि इस बार वो अपने जन्मदिन पर केक काटेगी। दोपहर तक तो वो अपना जन्मदिन मनाना भी नहीं चाहती थी। कैफ़े से घर लौटते वक़्त उसने तय किया कि आज की शाम वो अपनी इस उजाड़ ज़िन्दगी से विराम लेगी, और अपना जन्मदिन मनाएगी।

अनुराग ने केक और बाक़ी चीज़ें टेबल पर रखीं। केक पर मोमबत्तियाँ लगाईं और फिर जेब से लाइटर निकालकर उन्हें जला दिया। श्लोक अनुराग के इस जेस्चर से बहुत ख़ुश हुआ। श्लोक और अनुराग ने हैप्पी बर्थ डे गाना शुरू किया और मीरा ने एक ही फूँक में सारी मोमबत्तियाँ

बुझा दीं। केक काटने के बाद उसने एक टुकड़ा श्लोक को खिलाया और फिर अनुराग को। अनुराग और श्लोक ने भी मीरा को केक खिलाया। इस पल में सब कुछ पहले जैसा था—तीनों साथ में थे, एक-दूसरे के पास थे और ख़ुश थे। इस वक़्त के इस छोटे से जश्न में प्यार की एक ऐसी जगमगाहट थी, जिसने उनके रिश्तों के बीच आए अन्धकार को फ़िलहाल दूर हटा दिया था। अनुराग ने रेड वाइन की एक बोतल खोली और तीनों के लिए गिलास में वाइन निकाली। टेबल पर खाने की बहुत सारी चीज़ें थीं; कबाब, आलू-चिप्स, चिकन-नगेट्स, चीज़, मूँगफली इत्यादि।

अनुराग ने सोचा कि ये अच्छा मौक़ा है जब श्लोक और मीरा एक-दूसरे से खुलकर बात कर सकते हैं। उसने अपना गिलास उठाया, "मैं एक सिगरेट पीकर आता हूँ," कहकर लॉन में चला गया। बाहर रखे टेबल पर उसने अपना गिलास रखा और एक सिगरेट सुलगाई। शाम के सात बज रहे थे, घर के सामने जो छोटा सा पार्क था, वो इस वक़्त बिलकुल सुनसान था। लैम्प पोस्ट की बत्तियाँ अब तक जलाई नहीं गई थीं। धीरे-धीरे अँधेरा उस पार्क के चारों ओर गहराता जा रहा था। बीच-बीच में दूर से आती चौकीदार के लाठी पीटने की आवाज़ शाम के इस सन्नाटे को भेद देती थी।

आसपास सब कुछ बिलकुल स्थिर था। पेड़ों को देखकर ऐसा लगता था जैसे कुछ ऊँचे-लम्बे क़द के लोग गहन चिन्तन में खड़े हों। सिगरेट का आख़िरी कश मारकर उसने दूसरी सिगरेट सुलगा ली। वो अभी अन्दर नहीं जाना चाहता था। जिस रिश्ते में उसकी वजह से दरारें पड़ गईं और वो टूटने के कग़ार पर है, वो अब और उस रिश्ते के बीच में नहीं आना चाहता था। ऐसा नहीं था कि उन दोनों के बीच आज ही सब कुछ ठीक हो जाने वाला था, लेकिन शुरुआत कहीं न कहीं से तो होनी थी।

"**तुम** ठीक हो?" मीरा ने श्लोक से पूछा।

"मैं कैसे ठीक हो सकता हूँ। चल-फिर न पाने के कारण मैं तुम्हारे जन्मदिन के लिए कोई भी तैयारी नहीं कर पाया।"

"कोई बात नहीं। अगले जन्मदिन पर सारी तैयारियाँ तुम ही करना। तब तक तो तुम ठीक भी हो जाओगे," मीरा ने वाइन का एक घूँट लिया।

श्लोक को अपने कानों पर यक़ीन ही नहीं हुआ। क्या मीरा उससे अब भी...!

"क्या सोचने लगे? करोगे न तैयारी मेरे अगले जन्मदिन पर?" मीरा ने श्लोक की आँखों में आँखें डालते हुए कहा।

"ये भी कोई पूछने वाली बात है भला। ज़रूर करूँगा और हम कहीं बाहर घूमने भी चलेंगे," श्लोक ने मीरा का हाथ थामते हुए कहा।

"अच्छा, तुम अनुराग को आवाज़ दो। मैं कबाब गरम करके लाती हूँ।" ये कहकर मीरा ने कबाब का प्लेट उठाया और रसोई की ओर चली गई।

अनुराग का मन बाहर नहीं लग रहा था, उसने अपनी सिगरेट बुझाई और अपना गिलास लेकर ड्रॉइंग रूम में वापस आ गया।

"मैं तुम्हें आवाज़ लगाने ही जा रहा था।"

"बाहर अच्छी हवा चल रही थी, तो सोचा थोड़ी देर बैठ लूँ," अनुराग ने सोफ़े पर बैठते हुए कहा।

"**अगले** जन्मदिन पर सारी तैयारियाँ तुम ही करना," मीरा ने ऐसा क्यों कहा?

# 5

**अनुराग** व्हिस्की का गिलास हाथ में लिये सोफ़े पर बैठा हुआ था, वो रह-रहकर सामने लॉन की ओर देखने लगता। लॉन में एक अंजीब सी उदासी आवा-जाही कर रही थी। लॉन के सामने जो पार्क था, वहाँ के एक लैम्प पोस्ट से इकहरी सी सफ़ेद रोशनी लॉन के लोहे की बेंच पर आकर तनहा बैठी हुई थी। निर्जनता—क्या यही मनुष्य का एकमात्र सच नहीं था। इनसान अपने अन्दर चीख़ते हुए हर एक शोर को दबाता और कुचलता जा रहा था, उसे अनसुना कर, जीवन में आगे बढ़ता जा रहा था। अनुराग के अन्दर भी एक शोर दिन-रात कराह रहा था, और वो शोर था उसका अकेलापन।

दूसरा शोर था, दिन-रात चीख़ती-चिल्लाती दुनिया की ख़ुदग़र्ज़ी का, जो अन्याय की शक्ल में दुनिया भर में प्रेत बनकर दिन-रात घूमा करती थी। ऐसे ही एक शोर ट्विटर और अन्य सोशल मीडिया पर कुछ दिन पहले ट्रेंड कर रहा था—#HangAnuragTheHomosexual। लेकिन धीरे-धीरे लोगों का ध्यान किसी और शोर की ओर भटक गया था। ये बाहरी शोर किसी और सफ़र पर निकल पड़ा था। सोशल मीडिया पर ट्रेंड कर रही

चीज़ों की एक ख़ासियत होती है, उनकी जीवन-अवधि ज़ुकाम जितनी होती है--दो से चार दिन ज़्यादा से ज़्यादा। जैसे ज़ुकाम अक्सर बिना किसी इलाज के ही ठीक हो जाता है, वैसे ही इन दिनों के ट्रेंड भी बिना किसी कारण यकायक ग़ायब हो जाते हैं।

**हँसी**-ठहाकों में बीती ये रात अब गुज़रने के कग़ार पर आ चुकी थी। बातों-बातों में कब भोर के तीन बज गए, पता ही नहीं चला। अनुराग घर वापस जाने के लिए उठा, "नहीं, इतनी रात गए तुम गाड़ी चलाकर घर नहीं जाओगे। यहीं सो जाओ," मीरा ने आदेश देते हुए कहा।

"और हाँ, वैसे भी कल सोमवार है और मुझे कैफ़े भी नहीं जाना। सो तुम कल सुबह उठकर घर चले जाना," मीरा ने अपनी बात पूरी की।

अनुराग चुपचाप सोफ़े पर वापस बैठ गया। मीरा के इस अपनेपन को वो न जाने कब से तरस रहा था। श्लोक बहुत थक चुका था, मीरा और अनुराग ने उसे उसके कमरे में सुला दिया। सोफ़े पर अनुराग के लिए बिस्तर लगाकर मीरा भी सोने चली गई।

मीरा बिस्तर पर लेटी हुई अपने फ़ोन में किसी का नम्बर ढूँढ़ रही थी। शायद किसी दोस्त का। उसने मैसेज टाइप किया, "कैसी हो प्रिया? बहुत दिन हुए हम मिले नहीं। कुछ काम भी था तुमसे, क्या हम कल मिल सकते हैं?" मैसेज भेजने के बाद उसने टेबल लैम्प बुझाया, और सोने चली गई।

**सुबह** जब अनुराग की आँख खुली तो दिन चढ़ चुका। सामने पार्क से चिड़ियों के चहकने की आवाज़ आ रही थी। सब्ज़ीवालों और फलवालों

की आवाज़ें भी आ रही थीं। उसने सामने टेबल पे रखी पानी की ख़ाली बोतल उठाई और उसे भरने के लिए रसोई की ओर बढ़ा। मीरा रसोई में थी।

"चाय बना रही हो?" अनुराग ने फ़िल्टर से बोतल में पानी भरते हुए पूछा।

"हाँ, पीयोगे?"

"तुम्हारे हाथ की चाय को कौन मना कर सकता है?"

"तुम तो सुबह ब्लैक कॉफ़ी पीते हो। फिर आज चाय पीने का मन कैसे कर गया?"

"जीवन में बदलाव होते रहना चाहिए," अनुराग ने मुस्कुरा के कहा।

"तुम कहोगे अगर तो मैं बना दूँगी तुम्हारे लिए कॉफ़ी।"

"नहीं, मैं आज चाय ही पियूँगा।"

श्लोक अब भी सो रहा था। मीरा और अनुराग ने उसे जगाना मुनासिब नहीं समझा। भाई-बहन ने आज बहुत दिनों बाद साथ में चाय पी। चाय पीने के बाद अनुराग ने मीरा से विदा ली और अपने घर के लिए निकल पड़ा। घर पहुँचा तो मन इस बात से थोड़ा हल्का था कि मीरा का जन्मदिन अच्छे से मन गया। उसने जो किया था, उसकी माफ़ी उसे इतनी आसानी से तो नहीं मिलने वाली थी, शायद मीरा उसे पूरी तरह से कभी भी माफ़ न करे। लेकिन हाँ, मीरा की ख़ुशी में उसका साथ देकर और उसकी मुस्कान बाँटकर उसे अच्छा लगा था।

कमरे में अपनी चीज़ें रखकर वो नहाने चला गया। नहाने के बाद उसने अपना पसन्दीदा सफ़ेद कुर्ता-पाजामा निकाला और तैयार होकर घर से निकल गया। कहाँ जाना था ये उसने अब तक तय नहीं किया था। कभी-कभी घर से निकलना ही ज़रूरी होता है; कभी ज़िन्दगी

की मुश्किलों से लड़ने के लिए तो कभी बचे रहने के लिए। रास्ता और मंज़िल अपने आप ही मिल जाते हैं। रेडियो पर उसके पसन्दीदा गाने आ रहे थे; पुरानी हिन्दी फ़िल्मों के गाने, जो वो घंटों सुन सकता था। अनुराग का मन हुआ कि अपने पसन्दीदा रेस्तराँ में जाकर कुछ बढ़िया खाए।

"गुड मॉर्निंग सर। कैसे हैं आप?" रेस्तराँ के मालिक ने पूछा।

"मैं बिलकुल अच्छा हूँ आकाश जी। आप बताइए?"

"हम भी ठीक हैं।"

आकाश जी आज से कुछ बीस साल पहले इलाहाबाद से दिल्ली आ गए थे और यहाँ कचौरियों की एक छोटी सी दुकान खोली थी। आज वो छोटी सी दुकान एक शानदार रेस्तराँ में बदल गई थी। लेकिन कचौरियों का स्वाद वैसा का वैसा ही था, वो नहीं बदला। अनुराग यहाँ अक्सर आया करता था और जी भरके कचौरियाँ खाया करता था। और फिर कम-से-कम दो कप चाय तो पीता ही था। अनुराग ने अपने लिए दो प्लेट कचौरियों का ऑर्डर दिया।

टेबल पर कुछ फ़िल्मी पत्रिकाएँ रखी हुई थीं। जब तक कचौरियाँ आतीं, अनुराग पढ़ने लगा। एक पत्रिका के कवर पर इम्तियाज़ आलम की फ़ोटो थी। इम्तियाज़ अनुराग के पसन्दीदा फ़िल्म-निर्देशकों में से एक था और साथ-ही-साथ उसका बहुत अच्छा दोस्त भी। अनुराग ने पत्रिका के पन्ने पलटे और सीधा पृष्ठ पैंतीस पर पहुँचा जहाँ इम्तियाज़ का साक्षात्कार छपा था। कई महीनों से इम्तियाज़ अनुराग से उसकी अगली फ़िल्म की पटकथा लिखने के लिए आग्रह कर रहा था। वो चाहता था कि अनुराग उसके साथ काम करे, लेकिन हर बार अनुराग उसे ये कहकर टाल देता कि वो अभी जहाँ है, वहाँ ख़ुश है। लेकिन इम्तियाज़ उसे निरन्तर मनाने

की कोशिश करता रहता था। उसे यक़ीन था कि अनुराग एक न एक दिन ज़रूर मान जाएगा।

क्या उसे इम्तियाज़ को फ़ोन करना चाहिए? क्या वक़्त आ गया था कि वो फ़िल्म-लेखन करके देखे? अभी अनुराग अपने इन सवालों पर ग़ौर कर ही रहा था कि उसका फ़ोन बजा। उसने अपने ऊपरी जेब से फ़ोन निकाला। इम्तियाज़ का फ़ोन था। पिछले चार-पाँच दिनों में उसे न जाने कितने ही फ़ोन और मैसेज आए, लेकिन न उसने किसी का फ़ोन उठाया और न ही किसी के मैसेज का जवाब ही दिया। अनुराग ने चौथी घंटी में ही फ़ोन उठा लिया।

"हेलो," अनुराग ने कहा।

"हेलो अनुराग। कैसे हो तुम?"

"तुमने पढ़ ही लिया होगा बहुत कुछ मेरे बारे में, और क्या कहूँ इसके अलावा," अनुराग की आँखें पत्रिका पर गड़ी हुई थीं।

"हाँ, मैंने पढ़ा भी और समझा भी। ये सब मीडिया और कुछ लोगों का बनाया हुआ तमाशा है। तुम इस सब पर ध्यान मत दो। बाक़ी तुम मुझे जानते हो, मैं हमेशा तुम्हारे साथ था, अब भी हूँ और आगे भी रहूँगा," इम्तियाज़ ने भरोसा दिलाया।

"शुक्रिया इम्तियाज़। तुम्हारे जैसे दोस्तों का साथ है, तो हौसला मिलता है। ख़ैर, तुम बताओ, तुम कैसे हो?"

"मैं बढ़िया हूँ। अच्छा, आख़िरी बार जब हमारी बात हुई थी, तब मैंने तुम्हें एक कहानी का प्लॉट सुनाया था। याद है तुम्हें?"

"बिलकुल याद है," अनुराग को वो कहानी बहुत पसन्द आई थी।

"फ़ाइनेंस का इंतज़ाम हो गया है। एक महीने में निर्माता को फ़ाइनल नैरेशन देना है, सो अगले दो हफ़्ते में मुझे पटकथा का पहला ड्राफ़्ट पूरा

कर लेना है," इम्तियाज़ ने उत्सुकता से कहा।

"मुबारक हो इम्तियाज़," अनुराग की नज़रें अब भी पत्रिका पर गड़ी हुई थीं।

"सिर्फ़ मुबारकबाद देने से काम नहीं चलेगा। तुम्हें पटकथा मेरे साथ लिखनी होगी। मैं कोई बहाना नहीं सुनूँगा इस बार।"

"ठीक है। मैं लिखूँगा," अनुराग ने तुरन्त हामी भर दी। उसे मीरा और श्लोक की ज़िन्दगी से दूर जाने का इससे अच्छा मौक़ा नहीं मिलेगा, उसने मन-ही-मन सोचा।

"मैं तुम्हें बता नहीं सकता कि तुम्हारे इस फ़ैसले से मैं कितना ख़ुश हूँ। मेरी ख़ुशी अब दुगनी हो गई," इम्तियाज़ ने कहा।

"अच्छा बताओ, तुम मुम्बई कब तक आ सकोगे?" इम्तियाज़ ने पूछा।

"मुझे एक हफ़्ते की मोहलत दो। दो-तीन दिन में मैं तुम्हें बता दूँगा कि मैं कब पहुँच रहा हूँ। और हाँ, मेरे लिए एक अच्छा सा फ़्लैट ढूँढ़ देना, किसी शान्त इलाक़े में।"

"हाँ, ज़रूर। मैं लिखना शुरू करता हूँ। तुम आ जाओ फिर साथ बैठकर काम बाँट लेंगे।"

"हाँ, ये ठीक रहेगा।"

**तब** तक गरमागरम कचौरियाँ उसकी टेबल पर आ चुकी थीं। अनुराग को बहुत तेज़ भूख लगी थी, सो उसने एक और प्लेट का ऑर्डर दिया। खाते वक़्त सोचने लगा कि क्या उसे तुरन्त मीरा और श्लोक को ये ख़बर दे देनी चाहिए? मीरा और श्लोक दोनों को ही ये पता था कि इम्तियाज़ काफ़ी वक़्त से उसे मुम्बई बुला रहा है। लेकिन अगर वो अभी एक हफ़्ते में मुम्बई चला

गया तो श्लोक का ध्यान कौन रखेगा? क्या श्लोक ये सोचने लगेगा कि वो उसे मँझधार में छोड़कर जा रहा है? लेकिन अनुराग जिस मँझधार में फँसा हुआ था, उसका क्या? क्या उसे यूँ कायरों की तरह भाग जाना चाहिए?

अभी कुछ मिनटों पहले सब कुछ कितना सीधा, स्पष्ट और आसान लग रहा था, और अब सवालों ने उसे फिर से घेर लिया।

अनुराग ने कचौरियाँ खाने के बाद चाय मँगवाई। लेकिन आज उसने सिर्फ़ एक ही कप चाय पी, हमेशा की तरह दो कप नहीं।

"अगर वो मुम्बई चला गया तो श्लोक का ध्यान कौन रखेगा?" "क्या वो कायर है जो ऐसे भाग जाना चाहता है?" रास्ते भर ये सवाल उसे परेशान करते रहे। जब वो घर पहुँचा तो उसके सिर में बहुत दर्द था, शायद रात देर से सोने से या फिर ज़्यादा पीने की वजह से। कपड़े बदलकर वो सोने चला गया। इन दिनों उसका दिमाग़ इतना थका रहता था कि बिस्तर पर लेटते ही उसे नींद आ जाती थी।

**अलार्म** बजा; पाँच बज रहे थे। उसने अलार्म बन्द किया और पास रखी पानी की बोतल से पानी पिया। सिगरेट का पैकेट और लाइटर लेकर वो बालकनी में चला गया।

बच्चे सामने वाले पार्क में खेल रहे थे। कुछ क्रिकेट खेल रहे थे, कुछ बैडमिंटन। कितने ख़ुश नज़र आ रहे थे वे सब। काश कि बचपन कभी गुज़रा ही न होता।

सूर्यास्त होने लगा था; आसमान का गहरा नीला रंग आज के दिन का अपना कार्यकाल समाप्त करके अपने घर लौटने लगा था। दूर कहीं से चाँदनी अपनी आभा लिये, रथ पर सवार होकर अपने घर से निकल चुकी थी।

धीरे-धीरे साँझ गहराने लगी थी। देखते ही देखते, पार्क एक वीरान

मरुस्थल में बदल गया। पार्क के चारों ओर जो लैम्प पोस्ट लगे हुए थे, उनकी बोझिल सी बत्तियों को देखकर अचानक उसे सब कुछ अर्थहीन सा लगने लगा था। वो वापस अपने कमरे में आ गया। उसने टेबल लैम्प जलाया और अपनी कुर्सी खींचकर, वहाँ रखे काग़ज़ के ढेर में कुछ ढूँढ़ने लगा। उसके अगले उपन्यास—'अमावस' का प्रथम अध्याय आख़िरकार उस काग़ज़ के ढेर में मिल ही गया। अनुराग को इस उपन्यास का काम अपनी डायरी लिखने के लिए रोकना पड़ा था। न जाने इस किताब पर अब काम कब शुरू कर पाएगा।

**आज** अनुराग श्लोक के यहाँ ठीक दस बजे पहुँच गया था। उसने दरवाज़े की घंटी बजाई। मीरा ने दरवाज़ा खोला, वो कैफ़े जाने के लिए तैयार थी। अनुराग के हाथ में कुछ लिफ़ाफ़े थे।

"ये क्या है तुम्हारे हाथ में?" मीरा ने पूछा। उसका स्वर आज सहज था। पहले जब अनुराग सुबह आता था, तब वो दरवाज़ा खोलकर बिना उससे कुछ कहे ही, अन्दर चली जाती थी।

"मैं गाड़ी पार्क कर रहा था कि तभी पोस्टमैन ये चिट्ठियाँ दे गया," अनुराग ने मीरा की ओर चिट्ठियाँ बढ़ाते हुए कहा।

मीरा ने सारे लिफ़ाफ़ों पर एक नज़र दौड़ाई। कुछ उसके नाम की चिट्ठियाँ थीं तो कुछ श्लोक के नाम की। उनमें से एक चिट्ठी श्लोक के कॉलेज से थी।

"इनमें से एक चिट्ठी श्लोक के कॉलेज से आई है," उसने लिफ़ाफ़े को देखते हुए कहा।

वो दोनों सीधा श्लोक के कमरे में चले गए। श्लोक जग चुका था और बिस्तर पर लेटकर कुछ पढ़ रहा था।

"तुम्हारे कॉलेज से ये चिट्ठी आई है," मीरा ने चिट्ठी श्लोक की ओर बढ़ाते हुए कहा।

श्लोक ने चिट्ठी खोली। चिट्ठी पढ़ते ही उसके चेहरे का रंग सफ़ेद पड़ गया।

"क्या लिखा है?" मीरा ने पूछा।

"मुझे कॉलेज बुलाया है। मैनेजमेंट मुझसे कुछ ज़रूरी बात करना चाहता है।"

"ऐसी क्या ज़रूरी बात है जो तुम्हें इस हालत में कॉलेज बुलाया है। फ़ोन पर भी तो बात हो सकती है। कब बुलाया है?" मीरा ने पूछा।

"कल ही जाना होगा," श्लोक ने चिट्ठी लिफ़ाफ़े में वापस रखते हुए कहा।

"मैं चलूँगी तुम्हारे साथ," मीरा ने श्लोक के हाथ से चिट्ठी ले ली और पढ़ने लगी।

"मैं भी चलूँगा साथ," अनुराग ने कहा।

"नहीं, तुम रहने दो," मीरा ने आदेश देते हुए कहा।

"कम-से-कम मुझे कॉलेज तक तो साथ चलने दो। मैं बाहर गाड़ी में ही बैठा रहूँगा, कॉलेज के अन्दर नहीं जाऊँगा," अनुराग ने आग्रह किया।

"ठीक है," मीरा मान गई।

**अगले** दिन सुबह श्लोक, मीरा और अनुराग कॉलेज पहुँचे। अनुराग बाहर गाड़ी में ही रहा, मीरा श्लोक को लेकर कॉलेज के अन्दर चली गई। श्लोक की व्हीलचेयर जहाँ-जहाँ से गुज़री, वहाँ-वहाँ छात्रों की, शिक्षकों और कॉलेज-स्टाफ़ की आँखें उस पर टिकी रहीं। श्लोक समझ नहीं पा रहा था कि आख़िर उसे इस तरह क्यों देख रहे हैं लोग...

**मीरा** ने प्रिंसिपल साहब के केबिन का दरवाज़ा खटखटाया, "कम इन," अन्दर से आवाज़ आई।

मीरा और श्लोक केबिन में दाख़िल हुए, "आइए-आइए मिस्टर सिंह। आपके ऐक्सिडेंट के बारे में सुनकर बहुत दुख हुआ। अब कैसी तबीयत है आपकी?" प्रिंसिपल दीक्षित ने सामने रखी फ़ाइल को बन्द करते हुए पूछा।

"पहले से बेहतर हूँ सर। उम्मीद है एक-दो महीने में चलने-फिरने लायक़ हो जाऊँगा और कॉलेज आने लायक़ भी," श्लोक ने उत्तर दिया।

प्रिंसिपल साहब ने एक गहरी साँस ली, "उसकी ज़रूरत अब नहीं पड़ेगी। हमने आपके और अनुराग के बारे में बहुत कुछ पढ़ा और सुना। आपकी इस हरकत की वजह से कॉलेज का नाम ख़राब हो रहा है। आप अन्दाज़ा नहीं लगा सकते कितनी बदनामी हुई है कॉलेज की। कॉलेज के ट्रस्टीज़ ने आपको कॉलेज से निकाल देने का फ़ैसला किया है," प्रिंसिपल साहब ने एक साँस में अपना रटा हुआ फ़ैसला सुनाया।

"आपने पत्र में तो ये लिखा था कि आप मुझसे बात करना चाहते हैं, लेकिन आपने तो मुझे बस ट्रस्टीज़ का फ़ैसला सुनाने के लिए बुलाया है," श्लोक की आवाज़ काँप रही थी और उसकी पूरी देह में लहू की जगह एक कँपकँपी-सी दौड़ने लगी थी। उसने सपने में भी नहीं सोचा था कि ऐसा भी कुछ हो सकता है।

"आपने बात करने लायक़ कुछ छोड़ा ही कहाँ है मिस्टर सिंह। आपकी वजह से कॉलेज की नाक कट गई। अन्य कॉलेज के प्रोफ़ेसर और मैनेजमेंट के लोग हँस रहे हैं हम पर," प्रिंसिपल दीक्षित ने श्लोक के आगे एक लिफ़ाफ़ा बढ़ा दिया और उसे जाने के लिए कह दिया। श्लोक ने लिफ़ाफ़ा खोलकर पत्र निकाला, "यू आर टर्मिनेटेड फ़्रॉम दिस

कॉलेज विद इमिडिएट इफ़ेक्ट। योर फ़ाइनल सेटलमेंट विल बी सेंड यू इन अ मंथ।"

श्लोक का मुँह ग़ुस्से से लाल हो गया, पर उसने अपने ग़ुस्से पर क़ाबू रखा और अपनी व्हीलचेयर मोड़ दी। मीरा कुछ कहने जा ही रही थी लेकिन श्लोक ने उसका हाथ पकड़कर उसे रोक लिया। जिस कॉलेज में श्लोक पिछले बारह साल से पढ़ा रहा था, उस कॉलेज के मैनेजमेंट ने उसे एक पल में पराया कर दिया। क्या इसी दिन के लिए उसने इतनी ईमानदारी और शिद्दत से यहाँ नौकरी की थी!

**क्या** कहा प्रिंसिपल दीक्षित ने?" अनुराग ने उन दोनों से पूछा।

मीरा ने संक्षेप में अनुराग को पूरी बात बताई।

"मैं दीक्षित सर से पूछना चाहता हूँ कि क्या उनकी नज़र में समलैंगिक या द्विलिंगी होना गुनाह है? वो कैसे इतने बड़े कॉलेज के प्रिंसिपल होकर इतनी छोटी मानसिकता रख सकते हैं?"

"कोई फ़ायदा नहीं अनुराग। कॉलेज के ट्रस्टीज़ ने फ़ैसला सुना दिया है। अब कुछ नहीं हो सकता," मीरा ने उसे समझाते हुए कहा।

श्लोक चुप रहा, शायद वो अब भी इस सदमे से बाहर नहीं आ पाया था।

"क्यों नहीं हो सकता। हम कोर्ट में केस करेंगे। कॉलेज को श्लोक की नौकरी बा-इज़्ज़त वापस देनी होगी," अनुराग ने ग़ुस्से में कहा। उसने फिर श्लोक को व्हीलचेयर से उठाकर गाड़ी में बिठा दिया।

# 6

**वो** तीनों कॉलेज से अनुराग की गाड़ी में निकले। मीरा को उसके कैफ़े जाना था, तय ये हुआ कि मीरा को उसके कैफ़े छोड़कर, अनुराग श्लोक को लेकर घर चला जाएगा। सड़क पर ट्रैफ़िक था; गाड़ी के बाहर जितना शोर था उतनी ही ख़ामोशी गाड़ी के अन्दर। अनुराग अब भी ग़ुस्से में था, उसे कहीं न कहीं लग रहा था कि इस सबके लिए वो अकेला ज़िम्मेदार था। उसने कभी सपने में भी नहीं सोचा था कि उसकी वजह से श्लोक की नौकरी चली जाएगी। पर क्या वो वाक़ई इस सबके लिए अकेला ज़िम्मेदार था? क्या उसकी वजह से श्लोक की नौकरी चली गई थी? या फिर ज़िम्मेदार था हमारा समाज और उसके बनाए नियम, या फिर एक घिसा-पिटा क़ानून? क्यों उच्च न्यायालय धारा 377 को रद्द नहीं कर रही थी? क्यों LGBTQ समुदाय को समान अधिकार देने में देरी की जा रही थी? क्या ऐसे भेदभाव से मौलिक अधिकारों का हनन नहीं हो रहा था?

**मीरा** को उसके कैफ़े छोड़कर अनुराग श्लोक को घर ले जाने लगा। श्लोक पूरे रास्ते चुप था। लेकिन उसके अन्दर का शोर अनुराग भलीभाँति

सुन पा रहा था। घर पहुँचकर, अनुराग ने गाड़ी पार्क की। श्लोक को अपनी गोद में उठाया, दोनों की नज़रें एक-दूसरे से मिलीं; कुछ देर तक वो एक-दूसरे के आलिंगन में ठहरे रहे, और फिर बिछड़ गए। वो दोनों एक-दूसरे से बहुत कुछ कहना चाहते थे, लेकिन बाँध लिया उन्होंने अपने एहसासों के समंदर को। श्लोक को व्हीलचेयर में बिठाकर अनुराग उसे घर के अन्दर ले जाने लगा।

अपने कमरे में पहुँचने के बाद श्लोक ने अनुराग को उसे बिस्तर पर लेटा देने के लिए कहा। आज कई दिन बाद घर से बाहर जाने की वजह से वो थक गया था। वो थोड़ी देर सोना चाहता था। बाहर बादल घिर आए थे, ठंडी हवा चल रही थी, ऐसा लगता था जैसे बहुत तेज़ बारिश होने वाली है। अनुराग ने श्लोक को व्हीलचेयर से उठाकर बिस्तर पर लेटा दिया। श्लोक का पूरा बदन काँप रहा था। अनुराग ने उसका माथा छूकर देखा; बर्फ़ जैसा ठंडा। अनुराग ने तुरन्त उसे एक चादर ओढ़ा दी।

"आप आराम कीजिए, मैं बाहर लॉन में हूँ। अगर किसी चीज़ की ज़रूरत हो तो मुझे आवाज़ दीजिएगा," ये कहकर अनुराग बाहर चला गया और दरवाज़ा बाहर से बन्द कर दिया ताकि ठंडी हवा कमरे के अन्दर न जाए। बाहर तेज़ आँधी चल रही थी, चारों ओर धूल उड़ने लगी थी, न सामने का पार्क नज़र आ रहा था और न ही कोई आदमी। ऐसी ही एक आँधी उसके मन के अन्दर भी चल रही थी पिछले कई दिनों से; जिसकी वजह से सब कुछ धुँधला हो चुका था—उसका मन, उसका मस्तिष्क और उसका अस्तित्व सब।

तूफ़ान अब पूरे उफान पर चल रहा था, लेकिन अनुराग ने ये तय कर लिया था कि वो यहीं डटा रहेगा।

श्लोक थका तो हुआ था लेकिन बहुत कोशिश करने के बावजूद भी,

उसे नींद नहीं आ रही थी। वो आँखें बन्द करके लेटा हुआ था; ठिठुरता हुआ बेजान-सा उसका शरीर बिस्तर पर अपनी ज़मीन तलाश रहा था। उसके मन में कई सवाल गोते खा रहे थे—वो कब अपने पैरों पर फिर से खड़ा हो पाएगा? क्या उसे कॉलेज के ख़िलाफ़ कोर्ट केस करना चाहिए? क्या उसे मीरा को इस रिश्ते से आज़ाद कर देना चाहिए ताकि वो नये सिरे से अपनी ज़िन्दगी शुरू कर सके? क्या वो अनुराग के बिना रह पाएगा? क्या उसे सब कुछ छोड़-छाड़कर कहीं दूर भाग जाना चाहिए? क्या उसे आत्महत्या...?

'आत्महत्या'—'आत्महत्या'—उसके रोम-रोम से आवाज़ आने लगी। क्या, आत्महत्या ही एकमात्र रास्ता था?

लेकिन कैसे? पैरों में पैरालिसिस होने की वजह से वो फाँसी लगा नहीं सकता था। न किसी पुल तक जाकर नदी में कूद सकता था और न किसी ट्रेन के सामने आ सकता था। क्या वो किसी तरह ज़हर ख़रीद सकता है? लेकिन उसके लिए तो उसे घर से बाहर जाना पड़ेगा। काश उसके पास एक पिस्टल होती; पिस्टल को मुँह में या कनपटी पर रखो और धाँय। खेल ख़त्म। कितना आसान। हाँ, इससे अच्छा रास्ता नहीं हो सकता।

क्या वो कहीं से एक पिस्टल का इंतज़ाम कर सकता है? लेकिन कैसे? क्या उसे अपनी नसें काट लेनी चाहिए? लेकिन नस काटने पर अक्सर मौत नहीं होती। अगर ऐसा करने के बाद भी वो नहीं मरा, तो ये शर्मिन्दगी वो सहन नहीं कर पाएगा। इससे उसकी लाचारी और बढ़ जाएगी। उसे कोई और विकल्प ढूँढ़ना होगा।

उसकी देह के अन्दर न जाने कितनी नावें चल रही थीं, उन सबको मगर बस एक किनारे की तलाश थी। फिर चाहे वो किनारा अनजान ही क्यों न हो। श्लोक ने अब ये तय कर लिया था कि उसकी नाव किस

किनारे पर जाकर लगेगी। मौत से बेहतर क्या कोई और किनारा हो सकता था। लेकिन पहले, वो फिर से अपने पैरों पर खड़ा होना चाहता था। व्हीलचेयर पर एक अपाहिज की तरह वो कोई लाचार मौत नहीं मरना चाहता था। एक बार वो अपने पैरों पर खड़ा हो गया, तो आत्महत्या करने के विकल्प भी बढ़ जाएँगे। हाँ, ये ठीक रहेगा। उसे अब जल्द से जल्द ठीक होना था।

बाहर तूफ़ान अब शान्त होने लगा था। हल्की बूँदाबाँदी शुरू हो गई थी। यूँ तो अनुराग को बारिश में भीगना बहुत अच्छा लगता था, लेकिन आज उसका भीगने का मन बिलकुल नहीं हुआ। जैसे बुख़ार में इनसान को कुछ भी खाने-पीने का मन नहीं करता, उसी तरह जब मन में द्वंद्व हो तो इनसान को अपनी पसन्दीदा चीज़ें करने का मन भी नहीं करता। बारिश में भीगने से बचने के लिए अनुराग भागता हुआ कमरे के अन्दर आ गया। उसके क़दमों की आहट से श्लोक हड़बड़ा गया।

"आप ठीक तो हैं?" अनुराग ने पूछा।

"हाँ, मैं ठीक हूँ," श्लोक खीजते हुए बोला।

"पर आपको इतना पसीना क्यों आ रहा है, कहीं आपका ब्लड-प्रेशर तो नहीं बढ़ गया?"

"मैंने कहा न कि मैं ठीक हूँ। एक ही सवाल बार-बार क्यों पूछ रहे हो।"

**अनुराग** श्लोक के इस व्यवहार से बिलकुल भी आहत नहीं हुआ। श्लोक जिस मनोदशा में इस वक़्त था, अनुराग उस दशा से भलीभाँति परिचित था। उसने श्लोक को अकेला छोड़ देना ही उचित समझा। उसकी नज़र कमरे में इधर-उधर कुछ तलाशने लगी, शायद अब वो क्या करे, इसका

जवाब ढूँढ़ रहा था। वो स्टडी-टेबल के सामने रखी कुर्सी पर बैठ गया और एक किताब उठाकर पढ़ने लगा। उसके पास इस वक़्त और कुछ करने को नहीं था। श्लोक आँखें बन्द किए बिस्तर पर लेटा रहा, उसे अब भी पसीना आ रहा था। उसने अपने ऊपर से चादर भी हटा दी थी। दस मिनट तक उन दोनों में से किसी ने एक शब्द भी नहीं कहा। भयावह मौन। मर्मभेदी मौन। उन दोनों को इस तरह अलग-अलग देखना अवास्तविक सा लग रहा था। वो एक कमरे में तो थे, लेकिन एक-दूसरे से बहुत दूर। आसपास पर अकेले।

अनुराग ऊबकर बाहर लॉन में चला गया। बारिश अब रुक चुकी थी और आसमान जैसे एक काली शॉल ओढ़े बैठा हुआ था। घास पर और पेड़ों के पत्तों पर अब भी बारिश की भीनी-भीनी ख़ुशबू जज़्ब थी। दूर कहीं से मेढक के टर्राने की आवाज़ आ रही थी। उसने एक सिगरेट सुलगाई और सामने नीम के पेड़ के नीचे जाकर खड़ा हो गया। बारिश की बूँदें पेड़ के पत्तों पर से झड़कर उसके ऊपर गिर रही थीं, लेकिन उतनी नहीं कि वो भीग जाए।

श्लोक खिड़की के बाहर देख रहा था; उसकी आँखों में एक अन्तहीन रेगिस्तान सा सूखा था। बारिश की वजह से बाहर का मौसम शीतल और सुहाना हो गया था, लेकिन उसका असर न श्लोक के मन में और न ही उसकी आँखों में घर कर पाया था। उसकी मरुस्थल जैसी आँखों में देखकर ये जान पाना मुश्किल था कि उन्हें किस चीज़ की खोज थी—पानी की, छाँव की या फिर उस पड़ाव की, जहाँ से उसे उसकी मंज़िल दिखाई दे सके। शायद वो अपनी ज़िन्दगी के उस मोड़ पर पहुँच चुका था जहाँ बारिश की शीतलता उसके घावों पर मरहम नहीं लगा सकती थी। अगर वो अपने पैरों से चल सकता तो शायद कब का सब कुछ...

अचानक अनुराग कमरे में लौट आया और श्लोक जिस मोड़ पर पहुँच चुका था, वहाँ से लौट आने पर विवश हो गया। एक क्षण के लिए उसकी देह में एक कँपकँपी-सी दौड़ गई। उसके माथे पर अब भी पसीना था।

वे दोनों एक-दूजे से जुदा लग रहे थे, शायद उनके बीच का प्रेम अब अपनी आख़िरी साँसें गिन रहा था। क्या उनके रिश्ते की शाम अब ढल चुकी थी? क्या आसमान की ही तरह उनके रिश्ते को भी एक काली शॉल के पीछे अपने आप को दफ़्न कर लेना चाहिए था? या ये उनके रिश्ते का पतझड़ था?

क्या ऐसी कोई भी चीज़ बची थी जो श्लोक और अनुराग के रिश्ते को दोबारा जोड़ सकती थी?

शाम के आठ बज चुके थे और मीरा अब तक घर नहीं लौटी थी। आम तौर पर वो छह से साढ़े छह के बीच घर लौट आती थी। अनुराग ने अपना फ़ोन उठाया, तो देखा कि मीरा का मैसेज आया हुआ है, "कैफ़े में एक किताब का विमोचन चल रहा है, मैं साढ़े आठ तक घर आ पाऊँगी।"

"ठीक है," अनुराग ने उसे तुरन्त जवाब दिया।

उसने फिर श्लोक को इत्तला कर दी कि मीरा आधे घंटे में घर आ जाएगी। श्लोक ने बस सुन लिया और सिर हिला दिया। कुछ कहा नहीं। श्लोक की नज़रें अब भी खिड़की के बाहर कुछ ढूँढ़ रही थीं, न जाने वो क्या तलाश रहा था। श्लोक को देखकर ये साफ़ पता लगता था कि वो कहीं किसी अनजान सड़क पर भटक रहा है, वो वहाँ क्या ढूँढ़ रहा था, ये शायद वो ख़ुद भी नहीं जानता था। वो एक ऐसी जगह थी, जहाँ उसे किसी और की ज़रूरत नहीं थी; न अनुराग की और न ही मीरा की।

"मुझे थोड़ी देर लॉन में बैठना है, मेरा यहाँ कमरे में दम घुट रहा है। मुझे ज़रा व्हीलचेयर पर बिठा दो," श्लोक ने बिस्तर से उठते हुए कहा।

अनुराग ने उसे व्हीलचेयर पर बिठा दिया और उसे लॉन की ओर ले जाने लगा, "मैं ख़ुद चला जाऊँगा," श्लोक रोष से व्हीलचेयर को धक्का लगाता हुआ बाहर लॉन में चला गया।

**अनुराग** हतप्रभ वहीं खड़ा रहा। ये कैसा पागलपन था? या फिर ये श्लोक का पागलपन नहीं, बस उसका अवसाद था, जिसे वो चाहकर भी बाँट नहीं पा रहा था। क्या अनुराग की व्यथा श्लोक की पीड़ा से कम थी? कहीं ऐसा तो नहीं कि श्लोक भी इस सबके लिए अनुराग को ही ज़िम्मेदार मानता था? अगर नहीं, तो फिर वो उससे ऐसा बर्ताव क्यों कर रहा था? कहीं वो ऐसा करके ये बताना तो नहीं चाहता कि अनुराग को अब उससे दूर चले जाना चाहिए।

वो श्लोक के पीछे-पीछे बाहर लॉन में चला आया, "मुझे आपसे कुछ ज़रूरी बात करनी है।"

"अब भी कुछ कहने-सुनने को बचा है," इतना कहकर श्लोक अचानक ही रुक गया। एक भयावह-सी ख़ामोशी चारों ओर तैर गई, "ख़ैर, बताओ," उसने अपनी बात पूरी की।

"मैं अगले हफ़्ते मुम्बई शिफ़्ट हो रहा हूँ। इम्तियाज़ आलम की अगली फ़िल्म लिखने का काम मिला है," अनुराग एक साँस में कह गया और आसमान की ओर देखने लगा, जैसे वो वहाँ श्लोक से नज़रें मिलाने की हिम्मत ढूँढ़ रहा था।

श्लोक की आँखें जो ज़मीन पर गड़ी हुई थीं, अब अनुराग पर टिक

गई थीं। श्लोक की ठहरी हुई आँखें अनुराग से बहुत कुछ कहना चाहती थीं, न जाने कितने सवाल पूछना चाहती थीं। एक कँपकँपी-सी उसकी पूरी देह में दौड़ गई। लेकिन, इसके पहले कि वो उससे कुछ कह पाता, मीरा आवाज़ लगाती हुई लॉन में पहुँच चुकी थी।

**उन** दोनों के ज़र्द चेहरों को देखकर मीरा समझ गई थी कि कुछ गड़बड़ है, पर वो क्या पूछती और किससे। इन दोनों ने मुझसे इतना कुछ छिपाया, अब क्या पूछूँ इनसे और क्यों? इस तरह इनके बनाए इस भँवर में डूबते जाने के लिए? इनसान नि:स्वार्थ हो ये अच्छी बात है, लेकिन इसका मतलब ये नहीं कि वो ऐसा करने में अपनी आहुति दे दे। वो अब और सहन नहीं कर सकती थी, उसने तय कर लिया था कि उसे अपनी बेहतरी के लिए ख़ुदग़र्ज़ बनना ही होगा; जो उसके स्वभाव के बिलकुल विपरीत था। मीरा ने निर्णय ले लिया था कि अब वो अपने लिए जिएगी, सिर्फ़ और सिर्फ़ अपनी ख़ुशी के लिए।

श्लोक की दवाइयों का वक़्त हो चला था, "श्लोक—तुमने कुछ खाया?" मीरा ने पूछा।

"नहीं, भूख नहीं थी। अब थोड़ी लग रही है।"

"मैं कैफ़े से सैंडविच लाई हूँ। लेकर आती हूँ तुम्हारे लिए। सैंडविच खा लो फिर दवाइयाँ दे दूँगी।"

"तुम्हारे लिए भी ले आऊँ अनुराग?"

"नहीं मीरा, मुझे भूख नहीं। तुम दोनों खाओ। मैं अब घर जाऊँगा," उसने कहा और लॉन से कमरे की ओर जाने लगा। मीरा भी अनुराग के पीछे-पीछे श्लोक को कमरे के अन्दर ले जाने लगी। अनुराग ने एक बार पीछे मुड़कर श्लोक को एक नज़र देखना चाहा, लेकिन श्लोक की आँखें

ज़मीन पर गड़ी हुई थीं। उसने अपना दाहिना हाथ आधा उठाया लेकिन फिर तेज़ी से वहाँ से निकल गया।

घर जाते वक़्त वो एक ही बात सोचता रहा; मीरा को अपने मुम्बई जाने की बात न बताकर क्या उसने ठीक किया? वो जानता था, उसने ग़लत किया था, आख़िर मीरा के अलावा और उसका था ही कौन इस पूरी दुनिया में। उसने तय किया कि वो कल ही उसके कैफ़े जाकर उसे सब कुछ बता देगा।

**अनुराग** ने पहले सोचा कि घर जाकर लिखने बैठेगा, लेकिन वो ये भी जानता था कि अगर वो लिखने बैठा, तो दीवारों को घूरने और खिड़की के बाहर शब्द तलाशने के अलावा और कुछ नहीं कर पाएगा। पिछले कई दिनों से उसकी रचनात्मकता पर एक ताला-सा लग गया था।

लाल बत्ती पर उसने अपनी गाड़ी रोकी और घर न जाने के बहाने ढूँढ़ने लगा। अगर वो किसी दोस्त से मिल ले तो? सिग्नल के हरे होने में अब सिर्फ़ तीस सेकंड बचे थे, यहाँ से बाएँ मुड़कर उसका घर कुछ पाँच सौ मीटर की दूरी पर था। लेकिन, वो ये तय नहीं कर पा रहा था कि ऐसा कौन सा दोस्त होगा जो उसे बिना जज किए मिलेगा। वो ऐसे किसी इनसान से नहीं मिलना चाहता था जो उसके समलैंगिक होने पर उसे घृणा भरी नज़रों से देखे। या फिर उससे कोई सवाल पूछे। उसके पास अपने ख़ुद के सैकड़ों सवाल थे, और वो इस वक़्त किसी दूसरे के सवालों के समक्ष नहीं खड़ा होना चाहता था।

अभी दो दिन पहले जब उसने इम्तियाज़ से बात की थी, उसके साथ काम करने का निर्णय लिया था, तब वो कितना ख़ुश था। उस वक़्त उसे सब कुछ कितना सरल और स्पष्ट दिखाई पड़ रहा था। ख़ुशी दुनिया

की सबसे अस्थायी चीज़ होती है, शायद इसलिए लोग दुख में स्थायित्व खोजकर जीना सीख लेते हैं।

उसका मन अब किसी से मिलने का नहीं कर रहा था। सिग्नल हरा हो गया था और उसके पीछे खड़ी तमाम गाड़ियों ने हॉर्न बजाना शुरू कर दिया था। उसने गाड़ी घर की ओर मोड़ ली।

घर पहुँचकर जब वो अपनी गाड़ी पार्क कर रहा था, उसे उसकी पड़ोसी और दोस्त त्रिशा दिखी। वो भी शायद कहीं बाहर से लौट रही थी। उसका साँवला रंग पार्किंग में जलते लैम्प पोस्ट के उजाले में सोने की तरह चमक रहा था। उसने अपने बालों को ऊपर की ओर बाँध रखा था; ऋषि-मुनियों की तरह, कानों में लम्बी बालियाँ थीं; जैसे दोनों कानों पर दो चाँद लटक रहे हों, उसकी खड़ी नाक पर एक छोटी सी नथ थी; जो जुगनू की तरह चमक रही थी और उसने अपनी बड़ी-बड़ी आँखों में काजल लगा रखा था। सफ़ेद सलवार-क़मीज़ और गले में गुलाबी रंग का दुपट्टा लिये वो इस काली रात को अपनी आभा से जगमग कर रही थी।

**ग्रेजुएशन** की पढ़ाई पूरी होते ही, त्रिशा के माँ-बाप ने विवाह के लिए लड़का ढूँढ़ना शुरू कर दिया था। लेकिन, उसे शादी करने में कोई दिलचस्पी नहीं थी। जब भी कोई लड़का उसे देखने आता, तो उससे अकेले में बात करने के बाद, बौखलाया हुआ अपने माता-पिता के साथ वहाँ से चला जाता। त्रिशा के माता-पिता को समझ में ही नहीं आता था कि आख़िर त्रिशा में उनको ऐसी क्या कमी दिख जाती थी कि वो दो घड़ी बैठकर बात भी नहीं करना चाहते थे उस बारे में। ये सिलसिला कई महीनों तक चलता रहा—न लड़केवाले कुछ बताते थे और न त्रिशा ही अपने माँ-बाप के पूछने पर उन्हें कुछ बताती थी।

अब त्रिशा उन्हें क्या वजह बताती। पर जो वजह थी, उस बात का ख़ुलासा तो एक-न-एक दिन होना ही था। उसकी माँ की एक सहेली ने उसे एक बार एक झील के किनारे एक लड़की के साथ देख लिया। दोनों एक-दूसरे के आलिंगन में लीन होकर एक-दूसरे को चूम रहे थे। फिर क्या था, बात पूरे मोहल्ले में फैल गई। माता-पिता का सिर शर्म से झुक गया। बाप की नाक कट गई, मां की सहेलियों के सामने उनकी ख़ूब आलोचना हुई, छोटे भाई के दोस्त उसे चिढ़ाने लगे। रिश्तेदार थू-थू करने लगे। समाज में उठना-बैठना दूभर हो गया।

अब भला कैसे कोई लड़की किसी लड़की से प्यार कर सकती है—ये भी कहीं होता है भला। हो न हो ये एक बीमारी है।

उसके पिताजी ने साफ़ कह दिया कि अगर उसने उनके पसन्द के लड़के से तुरन्त शादी नहीं की, तो वो उसे घर से निकाल देंगे, और ये भूल जाएँगे कि उनकी कोई बेटी भी थी कभी। माँ उसकी व्यथा समझेंगी, ऐसी उम्मीद थी त्रिशा को, लेकिन माँ ने भी अपने पति का, समाज का, रिश्तेदारों का ही साथ दिया, बेटी का नहीं।

वो लखनऊ का अपना घर-बार छोड़कर दिल्ली आ गई। उसे एक अभिनेत्री बनना था; सो उसने 'नेशनल स्कूल ऑफ़ ड्रामा' से पढ़ाई करने का निर्णय लिया। पहली ही कोशिश में उसने परीक्षा पास कर ली और उसे दाख़िला मिल गया। ड्रामा स्कूल पूरा करने के बाद उसे काम मिलने लगा था; प्रिंट और टी.वी. विज्ञापन। अब वो मुम्बई जाकर फ़िल्मों में और वेब-सीरीज़ में काम पाने की कोशिश करना चाहती थी।

"कैसे हो अनुराग? कहाँ ग़ायब रहे इतने दिन?" त्रिशा ने चिन्ता भरे स्वर में पूछा।

"मैं अब ठीक हूँ। एक छोटा सा ऐक्सिडेंट हो गया था, लेकिन अब

मैं पहले से बेहतर हूँ।"

"ऐक्सिडेंट, कब-कैसे-कहाँ?"

"बहुत लम्बी कहानी है। पर अच्छी ख़बर ये है कि मैं अब पहले से बेहतर हूँ।"

'क्या तुम वाक़ई में इस वक़्त पहले से बेहतर हो?' अन्दर से उठे इस सवाल ने उसका ध्यान भटका दिया और वो एक क्षण के लिए सुन्न-सा पड़ गया।

"कहाँ खो गए?" त्रिशा के इस सवाल से वो वर्तमान में लौट आया।

"नहीं-नहीं, मैं यहीं हूँ। अब ठीक हूँ मैं," अपना जवाब दोहराते हुए उसने त्रिशा के साथ-साथ अपने आप को भी सांत्वना दी। "मेरी बात छोड़ो, तुम कैसी हो?"

"मैं अच्छी हूँ। उच्च न्यायालय से जल्द ही धारा 377 पर फ़ैसला आने वाला है। उसी पर एक एन.जी.ओ. एक डॉक्यूमेंटरी बना रहा है। वहीं थी मैं आज पूरे दिन।"

"वाह, ये तो बहुत अच्छी बात है। मुझे बताना जब डॉक्यूमेंटरी रिलीज़ हो।" अनुराग ने गाड़ी से अपना बैग निकालते हुए कहा।

"ज़रूर। आशा है बरसों से चल रही यह लड़ाई हमें देर से ही सही, इंसाफ़ दिलाएगी," त्रिशा की आँखों में आशा की एक किरण टिमटिमा रही थी।

"ज़रूर मिलेगा इंसाफ़। मुझे पूरा यक़ीन है। ये लड़ाई व्यर्थ नहीं जाएगी," अनुराग ने अपना बैग गाड़ी के बोनट पर रखते हुए कहा।

"सुनो, चलो न साथ में एक ड्रिंक पीते हैं। बहुत दिन हुए तुम्हारे साथ वक़्त बिताए, प्लीज़," त्रिशा की आवाज़ में बच्चों-सा आग्रह था।

अनुराग ना नहीं कर पाया, "ठीक है, चलो चलते हैं।"

**ये** ज़रूरी नहीं कि इनसान हर वक़्त अपनी परेशानियाँ ही बयाँ करना चाहता है, कभी-कभी इनसान को बस एक दोस्त के साथ की ज़रूरत होती है, जिससे वो खुलकर बातें कर सके। जो उसे अपनी परेशानियों से अलग हट जाने की हिम्मत दे सके। कभी-कभी परेशानियों को विराम दे देना चाहिए; ताकि वो अपना हल ख़ुद-ब-ख़ुद निकालने की कोशिश कर पाएँ।

त्रिशा ने अपने घर का दरवाज़ा खोला, बत्तियाँ जलाई और सोफ़े की ओर इशारा करते हुए कहा, "तुम बैठो, मैं कपड़े बदलकर आती हूँ।"

सामने मेज़ पर त्रिशा का एक छोटा सा म्यूज़िक सिस्टम रखा हुआ था और पास रखी हुई थीं कुछ सीडी और डीवीडी। जगजीत सिंह की कई सारी सीडी देख अनुराग के चेहरे पर एक हल्की सी मुस्कुराहट तैर गई, उनमें से एक सीडी 'मरासिम' की थी; गुलज़ार साब के शब्द और जगजीत सिंह की आवाज़। इस रात का इससे अच्छा आग़ाज़ नहीं हो सकता था। उसने सीडी उठाई और म्यूज़िक सिस्टम में लगा दी, म्यूज़िक सिस्टम का वॉल्यूम धीमे कर दिया और अपनी आँखें मूँद लीं। लेकिन मन? वह नहीं मुँदता। दृष्टि के गुम हो जाने पर भी वो आपके साथ-साथ लगातार चलता रहता है। काश कि आँखों के साथ-साथ मन को भी मूँद लेने का कोई आसान तरीक़ा होता।

रात की ख़ामोशी संगीत में घुलकर उसके कानों तक पहुँचने लगी थी, जिससे उसका मन कमरे की पीली रोशनी में रुई की तरह तैरने लगा था। उसका अवसाद अब धीरे-धीरे उससे दूर जाने लगा था।

अनुराग की ही तरह त्रिशा के घर पर भी एक छोटा सा मैखाना था—जिसमें कुछ व्हिस्की की बोतलें, एक-दो बोतलें वोदका की और

कुछ वाइन की बोतलें थीं। मैख़ाना एक कॉफ़ी टेबल पर सजाया गया था और टेबल के नीचे वाले खाने में अलग-अलग क़िस्म के गिलास सजाकर रखे हुए थे।

त्रिशा कपड़े बदलकर कमरे में वापस आई। उसने एक गुलाबी रंग का टॉप और सफ़ेद रंग का ढीला पाजामा पहना हुआ था। उसके आते ही कमरा और ख़ुशनुमा हो गया।

"अच्छा किया जो तुमने ग़ज़ल चला दी। आज मेरा भी मन ग़ज़ल सुनने का कर रहा था," त्रिशा सोफ़े पर बैठते हुए बोली।

"मुझे ग़ज़ल सुनना बेहद पसन्द है। अपने आप को गुम करने का और कोई तरीक़ा नहीं आता मुझे।"

"ठीक कहा तुमने। ख़ैर बतलाओ, क्या पियोगे—व्हिस्की या फिर वाइन?"

"वाइन।"

त्रिशा ने बार से वाइन की एक बोतल निकाली और नीचे की रैक से दो वाइन की गिलासें।

उसने अनुराग की ओर बोतल बढ़ाई और साथ ही वाइन ओपनर भी, "लो खोलो इसे।"

अनुराग ने बोतल खोलने के बाद उसे थोड़ी देर के लिए नीचे रख दिया ताकि शराब साँस ले सके। उसने अपना फ़ोन बन्द कर दिया, वो इस पल में त्रिशा के साथ पूरी तरह से मौजूद रहना चाहता था। अनुराग ने दोनों गिलासों में वाइन डाल दी। दोनों दोस्तों ने फिर चियर्स का नारा लगाया।

"कुछ खाना मँगवा लें?" अनुराग ने पूछा।

"क्यों नहीं। क्या खाने का मन है तुम्हारा?"

"पिज़्ज़ा मँगवाते हैं।"

"तुम बैठो, मैं ऑर्डर करती हूँ। चिकेन मँगवा लूँ?" त्रिशा ने अपने फ़ोन में मेन्यू देखते हुए पूछा।

"हाँ, ज़रूर।"

त्रिशा ने खाना ऑर्डर करने के बाद देखा कि अनुराग का गिलास ख़ाली हो गया था। उसने वाइन की बोतल उठाई और उसका गिलास भर दिया। लेकिन उसके मन का ख़ालीपन कौन भरेगा?

कमरे में संगीत था, मद्धिम रोशनी थी, लेकिन बीच-बीच में ख़ामोशी की एक साँवली छाया कमरे में उतर आती थी; जो अनुराग को उसके अतीत के प्रेतों के हवाले कर देती थी। वो लाख कोशिश करता था कि अतीत के उस खँडहर से बाहर निकल आए, रिहा हो जाए, लेकिन जब वो अपनी ही नज़रों में मुजरिम बन चुका था, तो दुनिया की कोई अदालत उसे इंसाफ़ नहीं दिला सकती थी। उसकी रिहाई सिर्फ़ और सिर्फ़ उसी के हाथों में थी। एक क्षण के लिए उसकी देह में रक्त की जगह कँपकँपी-सी दौड़ने लगी।

त्रिशा अनुराग का दर्द बाँटना चाहती थी। पिछले कुछ दिनों में उसने अनुराग के ख़िलाफ़ सोशल मीडिया पर लिखी गई वो तमाम बातें पढ़ी थीं और उसका ऑडियो क्लिप भी सुना था। माता-पिता, नाते-रिश्तेदार, समाज, दोस्त-बन्धु, आपको जानने-पहचानने वाले कैसे एक पल में आपको पराया कर देते हैं, उस एहसास और दर्द को त्रिशा भलीभाँति जानती थी। पर वो तय नहीं कर पा रही थी कि उसे अनुराग से इस बारे में कुछ भी पूछना चाहिए या नहीं। लेकिन वो यह भी जानती थी कि अनुराग के दोस्तों और चाहनेवालों ने इन दिनों उससे ढेरों सवाल किए होंगे। अब और सवाल पूछकर वह इस ख़ूबसूरत पल को बर्बाद नहीं करेगी।

"तुमने अपना घर बहुत अच्छा सजा रखा है," अनुराग ने चुप्पी तोड़ी। "हर चीज़ अपनी सही जगह पर रखी हुई है," उसने अपनी बात पूरी की।

"मुझे शौक़ है घर को सजाकर रखने का। जब भी मुझे वक़्त मिलता है, मैं इस घर को सजाने-सँवारने में जुट जाती हूँ।"

"तुम्हें मेरा घर देखना चाहिए। चारों ओर बस किताबें ही किताबें पड़ी हुई हैं—घर का ऐसा कोई कोना या टेबल-कुर्सी नहीं जिस पर किताबें न हों।"

"अगर अपना घर सजाने में तुम्हें मेरी मदद की ज़रूरत हो, तो बेझिझक बताना," त्रिशा ने मुस्कुराकर कहा।

"बिलकुल," अनुराग ने वाइन का घूँट भरते हुए कहा।

अनुराग के मन का कुरूप सन्नाटा अब धीरे-धीरे दूर हो रहा था। अनुराग चाहता तो था कि वो त्रिशा के साथ अपना ग़म बाँटे। वो यह भी जानता था कि कोई उसकी तकलीफ़ समझे न समझे, त्रिशा ज़रूर समझेगी। लेकिन फिर भी यह तय नहीं कर पा रहा था कि अपनी बात वह कहाँ से शुरू करे।

वाइन की बोतल ख़ाली हो चुकी थी, लेकिन अनुराग अभी घर नहीं जाना चाहता था। उसे यहाँ त्रिशा के साथ वक़्त बिताना अच्छा लग रहा था।

"व्हिस्की पिएँ?" उसने वाइन का आख़िरी घूँट लेते हुए कहा।

"क्यों नहीं," त्रिशा सोफ़े से उठी और बार से व्हिस्की की बोतल ले आई।

"तुम बैठो, मैं फ़्रिज से बर्फ़ लेकर आती हूँ," ये कहकर त्रिशा रसोई में चली गई। अनुराग व्हिस्की की बोतल और दो गिलासें लेकर बालकनी में चला गया।

"क्या हुआ, तुम यहाँ चले आए?" त्रिशा भी बालकनी में आ गई।

"मैंने सोचा बाहर बैठते हैं।"

"सुनो, चिड़ियों के गाने की आवाज़ आ रही है," त्रिशा ने सामने नीम के पेड़ की ओर इशारा करते हुए कहा।

"पर इतनी रात को चिड़ियों की आवाज़ आना भी अजीब है, नहीं?" त्रिशा ने आगे कहा।

"शायद रास्ता भटक गए हों और घोंसले तक वापस लौटते-लौटते शाम की जगह रात हो गई हो," अनुराग ने मुस्कुराकर कहा।

"उनकी आवाज़ सुनकर लगता है कि वो कितने ख़ुश हैं। है ना?"

"हाँ। रुको, मैं म्यूज़िक बन्द कर देती हूँ। फिर तुम उन्हें और अच्छे से सुन पाओगे," कहकर त्रिशा कमरे के अन्दर चली गई।

**म्यूज़िक** सिस्टम बन्द करके जब त्रिशा बालकनी में वापस लौटी तो अनुराग दोनों गिलासों में व्हिस्की डाल रहा था। त्रिशा ने बर्फ़ के कुछ टुकड़े दोनों गिलासों में डाल दिया। दोनों दोस्तों ने अपने-अपने गिलास उठाए, "ज़िन्दगी की छोटी-छोटी ख़ुशियों के नाम," और व्हिस्की का घूँट लिया। पंछियों का स्वर अब साफ़ सुनाई देने लगा था, उनका स्वर जैसे पूरे ब्रह्मांड को एक धागे में बाँध रहा था। नीम के उस पेड़ पर जैसे सब कुछ थम सा गया था; काल, ये रात और आने वाली सुबह। इस वक़्त अनुराग को आसमान में दो-दो चाँद दिखाई दे रहे थे—एक इस पल का और दूसरा आने वाले शरदकाल का। क्या शरदकाल का चाँद उसकी ज़िन्दगी में फिर से उजाला ला पाएगा? उसके अन्दर एक महीन सी आवाज़ ने उसका ध्यान भटकाया। लेकिन इस वक़्त उसके सवाल का जवाब उन दोनों चन्द्रमाओं के पास नहीं था।

चारों ओर ख़ामोशी थी। पंछी अपने-अपने घोंसलों में जा चुके थे, सड़क भी सुनसान थी। बस एक चौकीदार रह-रहकर अपनी लाठी पटककर 'जागते रहो' की आवाज़ लगा रहा था।

पेड़ ऐसे खड़े थे जैसे किसी प्रार्थना सभा में खड़े होकर, सदियों पुरानी किसी प्रथा का पालन कर रहे हों। पूरब से हवा का एक तेज़ झोंका आया और पेड़ों की प्रार्थना को भंग कर गया। क्या ये हवा किसी नई प्रथा का हिस्सा थी; जो पुरानी प्रथाओं को नष्ट करने के लिए चली थी? कहीं तूफ़ान तो नहीं उठ रहा था? या फिर कहीं और उठ चुका था, और यहाँ से गुज़र रहा था? अचानक ही सब कुछ धुँधला हो गया था; अनुराग की आँखों से हर एक चीज़ ओझल होने लगी थी—इस पल का चाँद, आने वाले शरदकाल का चाँद, सितारे, नीम का पेड़, त्रिशा का चेहरा और... और उसकी उम्मीद। 'जागते रहो' की आवाज़ भी इसी कोलाहल में कहीं खो गई।

"चलो, अन्दर चलते हैं," त्रिशा ने खड़े होते हुए कहा।

"तुम चलो, मैं कुछ देर यहाँ रुकना चाहता हूँ," अनुराग ने कहा और एक ही घूँट में गिलास ख़ाली कर गया।

हर गुज़रते पल के साथ तूफ़ान तेज़ होता जा रहा था। कुछ ही देर में बिजली चमकने लगी—आसमान में और अनुराग के मन में भी।

"अनुराग, हमें अन्दर चलना चाहिए। मैं नहीं चाहती कि तुम्हारी तबीयत ख़राब हो जाए," त्रिशा ने आग्रह किया।

"नहीं त्रिशा। मैं यहीं रुकूँगा। ये तूफ़ान भी गुज़र जाएगा।"

"ठीक है, मैं तुम्हारे साथ हूँ," त्रिशा ने अनुराग का हाथ पकड़ते हुए कहा।

पार्क के सामने वाली सड़क के लैम्प पोस्ट की बत्तियाँ अचानक

बुझ गईं। बिजली चली गई थी। तूफ़ान धीरे-धीरे शान्त होने लगा। तूफ़ान जैसे-जैसे शान्त होता गया, बारिश वैसे-वैसे तेज़ होती गई। बारिश की इस अँधेरी रात में, आसमान में चमकती बिजलियाँ ही उजाला दे रही थीं। त्रिशा ने अब तक अनुराग का हाथ पकड़ा हुआ था। उसके हाथ बर्फ़ से ठंडे थे। अगस्त के महीने में किसी का हाथ इतना ठंडा कैसे हो सकता है। बारिश अब पूरी ज़ोर पर थी। दोनों सिर से पाँव तक भीग चुके थे, लेकिन न अनुराग कमरे के अन्दर गया और न ही त्रिशा उसे छोड़कर वहाँ से हिली।

त्रिशा के घर के ठीक सामने जो नीम का पेड़ था। वह तेज़ हवा और मूसलाधार बारिश का वेग सँभाल नहीं पा रहा था। लेकिन उसके बग़ल में आम का एक पेड़ भी था, उससे बिलकुल सटा हुआ, उसे हिम्मत देता हुआ। उससे कहता हुआ, "मैं तुम्हारे साथ हूँ, मैं तुम्हें कुछ नहीं होने दूँगा।"

# 7

**अनुराग** हड़बड़ाकर जागा। जैसे किसी बुरे सपने के बाद नींद टूट जाती है ठीक वैसे। वो सोफ़े पर सोया हुआ था। खिड़की पर टँगे पीले परदों से छनकर इकहरी सी धूप कॉफ़ी टेबल के सामने रखे सिंगल सोफ़े पर आकर रुक गई थी। उसकी नज़र दीवार पर टँगी घड़ी पर पड़ी, दो बज रहे थे। वो उठकर बैठ गया। आख़िरी बार वो कब इतनी देर तक सोता रहा था, उसे याद नहीं। उसे यक़ीन नहीं हो रहा था, उसने घड़ी की ओर दोबारा देखा, घड़ी बन्द थी। उसका फ़ोन कॉफ़ी टेबल पर पड़ा था, उसने तुरन्त अपना फ़ोन उठाया, अभी सिर्फ़ नौ बज रहे थे।

त्रिशा कहीं दिखाई नहीं दे रही थी, शायद अब भी सो रही थी। उसने अख़बार उठाया और पन्ने पलटने लगा। लगता है आजकल अख़बार वाले तारीख़ बदलकर वही पुरानी ख़बरें छापते रहते हैं। वही अर्थव्यवस्था चौपट होने की ख़बरें, कहीं किसी नेता का विपक्ष के ख़िलाफ़ कोई भड़काऊ बयान, हर पृष्ठ पर सियासतदानों का झूठ। कहीं राम-रहीम के नाम पर होने वाले झगड़ों की ख़बरें; जिनमें उन दोनों के अलावा और सब होते थे। कहीं राम मंदिर का ज़िक्र तो कहीं बाबरी मस्जिद का, कहीं आरक्षण

का तो कहीं बेरोज़गारी का। कहीं किसानों की आत्महत्या की ख़बरें, कहीं महिलाओं पर होते उत्पीड़न की ख़बरें तो कहीं बलात्कार करके किसी लड़की को जान से मार देने की ख़बरें। बस यही था हर रोज़ के अख़बारों का सच; इस देश के घटनाक्रम का सच। शायद अब यही इस देश का सच बन चुका था।

"गुड मॉर्निंग," त्रिशा चाय लेकर ड्रॉइंग रूम में दाख़िल हुई।

"नींद पूरी हुई तुम्हारी?" उसने चाय का ट्रे टेबल पर रखते हुए पूछा।

"हाँ," अनुराग ने अख़बार रखते हुए कहा। "सॉरी, तुम रात कॉफ़ी बनाने गई और न जाने कब मेरी आँख लग गई, मुझे पता ही नहीं चला," अनुराग ने अपनी बात पूरी की।

"इसमें माफ़ी माँगने वाली कोई बात नहीं," त्रिशा ने कहा। उसके बात करने के ढंग में हमेशा एक अपनापन रहता था।

त्रिशा ने बालकनी का दरवाज़ा और सारी खिड़कियाँ खोल दीं। बाहर हल्की बारिश हो रही थी, और बीच-बीच में धूप भी आ-जा रही थी। रात में आया हुआ तूफ़ान, रात के साथ गुज़र गया था। सामने नीम के पेड़ से चिड़ियों के चहकने की आवाज़ आ रही थी। नीम का पेड़ भी कल रात की तुलना में, अब काफ़ी बेहतर दिखाई पड़ रहा था। रह-रहकर चिड़ियों का एक झुंड बग़ल के आम के पेड़ पर जाकर बैठ जाता और गाने लगता। क्या उसके लिए भी ये एक नई सुबह थी?

"तुम्हारी एन.एस.डी. का कोर्स तो पूरा हो गया है। अब आगे का क्या सोचा है?" अनुराग ने चाय का घूँट लेते हुए पूछा।

"मैं मुम्बई जाने की सोच रही हूँ। आजकल वेब-सीरीज़ काम के लिए एक अच्छा विकल्प है। बाक़ी फ़िल्में तो हैं ही। उम्मीद है कुछ-न-

कुछ काम मिल जाएगा," त्रिशा के स्वर में आत्मविश्वास और आँखों में एक चमक थी।

"मैंने तुम्हारे एक-दो नाटक देखे हैं। काम मिलने में तुम्हें कोई दिक़्क़त नहीं होगी," अनुराग ने उसका हौसला बढ़ाया।

"वैसे मैं भी मुम्बई शिफ़्ट कर रहा हूँ अगले हफ़्ते। इम्तियाज़ की अगली फ़िल्म लिख रहा हूँ।"

"इम्तियाज़ आलम?"

"हाँ। वो मेरा अच्छा दोस्त है। मैं उससे तुम्हारे लिए भी बात करूँगा। तुम जैसे अच्छे कलाकारों की उसे हमेशा तलाश रहती है," अनुराग ने अपनी चाय ख़त्म करके कप टेबल पर रखते हुए कहा।

"थैंक यू। मैं तुम्हारा एहसान कभी नहीं भूलूँगी।"

"अरे, इसमें एहसान कैसा। मैं तुम्हारा दोस्त हूँ, कोई अजनबी नहीं।"

"ठीक है। मैं अपने शब्द वापस लेती हूँ।"

"अच्छा मैं अब चलता हूँ। मेरे घर को भी तो पता चले कि उसका मालिक उसकी परवाह करता है।"

**अनुराग** ने घर का दरवाज़ा खोला, ड्रॉइंग रूम की खिड़की पर टँगे सफ़ेद परदों से इकहरी, गुमसुम सी धूप अन्दर आ रही थी। वो सीधा अपने स्टडी में चला गया। स्टडी में घुसते ही उसे ऐसा लगा, जैसे अपने ही घर में वो कोई मेहमान हो। चारों ओर किताबें ऐसे पड़ी हुई थीं, जैसे रात के वक़्त प्लेटफार्म पर सो रहे सैकड़ों यात्री। उन यात्रियों की तरह ही, इस कमरे में बिखरी किताबों का भी कोई ठौर-ठिकाना नहीं था।

वो सोफ़े पर लेट गया और आँखें मूँद ली। आँखें मूँदते ही श्लोक का

चेहरा उसके सामने आ गया। कल शाम जब उसने श्लोक को ये बताया था कि वो एक हफ़्ते बाद मुम्बई शिफ़्ट हो रहा है, तब जैसे उनके रिश्ते का बचा-खुचा सब ख़त्म कर आया था। लेकिन मीरा और उसके रिश्ते का क्या? क्या अनुराग के मुम्बई चले जाने से मीरा को ये लगेगा कि जिस इनसान ने उसका घर तबाह किया, उससे उसे मुक्ति मिल गई? वो तुरन्त मीरा से मिलना चाहता था और उससे पूछना चाहता था, क्या तुम सच में मुझसे मुक्ति चाहती हो? तुम अगर एक बार हाँ कह दो, तो मैं अपने प्राणों की आहुति तक दे सकता हूँ।

अनुराग नहाने चला गया। शावर के नीचे देर तक खड़ा रहा। फिर तौलिया से शरीर को रगड़-रगड़ कर पोंछने लगा। फिर पास रखे वाइपर को उठाया और फ़र्श को रगड़-रगड़ कर पोंछने लगा। वाशबेसिन के ऊपर लगे आईने के सामने खड़े होकर अपने आप को ग़ौर से देखने लगा। न जाने वो क्या ढूँढ़ रहा था शीशे के उस पार; पानी की बूँदें या कुछ और?

बाथरूम से निकलकर जब वो अपने स्टडी में दाख़िल हुआ, प्लेटफार्म पर अब भी सैकड़ों यात्री सो रहे थे। इस कमरे में, इस घर में और इस पूरी दुनिया में। क्या वाक़ई अब उसका कोई ठिकाना नहीं बचा था?

**त्रिशा** को आज किसी काम से अपने ड्रामा स्कूल जाना था, सो वो तैयार होने के लिए ड्रेसिंग टेबल के सामने बैठी हुई थी। बालों को कंघी करते वक़्त बार-बार अनुराग का चेहरा उसके सामने आ जाता। उसने अपने बालों का जूड़ा बनाना शुरू किया, ठीक वैसे ही जैसे पिछली रात उसने अपने बालों को ऊपर की ओर बाँध रखा था, लेकिन फिर उसने उन्हें खुला

ही छोड़ दिया। सजने-सँवरने का उसका बिलकुल भी मन नहीं हुआ, यहाँ तक कि उसने अपनी आँखों में काजल तक नहीं लगाया। उसने अलमारी से एक जींस और क़मीज़ निकाली, कपड़े बदले और फिर गाड़ी की चाबी लेकर घर से निकल पड़ी। गाड़ी में बैठते ही उसने ड्रामा स्कूल जाने का इरादा बदल दिया।

वो गाड़ी से निकली और अपने घर की ओर जाने लगी। अचानक फिर रुककर, वो वापस अपनी गाड़ी की ओर मुड़ गई। उसे नहीं मालूम था कि वो कहाँ जा रही है, बस वो घर पर नहीं रहना चाहती थी। क़रीब आधे घंटे तक सड़कों पर भटकने के बाद वो एक कैफ़े के सामने रुकी। नाश्ता किया नहीं था, तो सोचा कुछ खाकर एक कॉफ़ी पी लेगी, और फिर घर लौट जाएगी।

त्रिशा जब कैफ़े के अन्दर गई तो अनुराग को वहाँ देखकर उसे थोड़ी हैरानी हुई। वो काउंटर पर खड़ी महिला से बात कर रहा था। पूरे रास्ते वो अनुराग के बारे में ही सोच रही थी, लेकिन अनुराग ऐसे अचानक मिल जाएगा इस पर यक़ीन नहीं कर पा रही थी।

"तुम यहाँ कैसे?" उसने त्रिशा से पूछा।

"मैं यहाँ से गुज़र रही थी, कैफ़े का नाम बड़ा दिलचस्प लगा, तो सोचा क्यों न यहाँ ब्रेकफ़ास्ट कर लूँ।"

"तुम दोनों एक-दूसरे को जानते हो?" मीरा ने अनुराग से पूछा।

"ये त्रिशा है। मेरी ही बिल्डिंग में रहती है और मेरी अच्छी दोस्त भी है।"

"तुम यहाँ अक्सर आते हो?" त्रिशा की आँखें अनुराग पर गड़ी हुई थीं।

"ये मेरी बड़ी बहन हैं, मीरा। ये इनका ही कैफ़े है।"

"हेलो," त्रिशा ने मीरा की ओर देखते हुए कहा।

"हेलो। हमारे इस छोटे से कैफ़े में तुम्हारा स्वागत है।"

"आपने कैफ़े को बहुत सुन्दर सजाकर रखा है। मुझे नहीं लगता कि इस शहर में ऐसा कोई और कैफ़े है, जहाँ इतनी सारी किताबें, इतना जीवंत माहौल और ऐसी मनमोहक सजावट हो। मुझे आश्चर्य है कि मैं यहाँ पहले कभी क्यों नहीं आई," त्रिशा ने चारों ओर नज़र दौड़ाकर कहा।

"मेरा भाई कवि है और मेरे पति हिन्दी प्रोफ़ेसर। मैं ख़ुद हिन्दी साहित्य में स्नातक हूँ। इसलिए जब ये कैफ़े खोला तो इसे किताबों की एक छोटी सी दुनिया बनाने का निर्णय लिया; जहाँ लोग आ सकें, पढ़-लिख सकें और साथ में चाय-कॉफ़ी भी पी सकें," मीरा ने मुस्कुराकर कहा।

"अच्छा, तुमने कुछ ऑर्डर किया?" मीरा ने पूछा।

"नहीं, अभी तक नहीं," त्रिशा ने कहा।

"आओ बैठो," मीरा ने सामने वाली टेबल की ओर इशारा करते हुए कहा।

"रुको, मं तुम्हारे लिए हमारा स्पेशल सैंडविच ऑर्डर करती हूँ, और साथ में कॉफ़ी।"

मीरा ने महेश को आवाज़ लगाई। एक होममेड सैंडविच और एक कॉफ़ी जल्द-से-जल्द लाने को कहा।

"**तुम** क्या काम करती हो त्रिशा?"

"मैंने अभी-अभी नेशनल स्कूल ऑफ़ ड्रामा से पढ़ाई पूरी की है। अब मुम्बई जाने की सोच रही हूँ," त्रिशा ने उत्साह भरे स्वर में कहा।

"वाह। तो तुम ऐक्ट्रेस हो। आशा है मैं जल्द ही तुम्हें बड़े परदे पर देखूँगी।"

"कोशिश तो पूरी है। अनुराग ने मुझसे कहा है कि वो अपने दोस्त इम्तियाज़ आलम से मेरे लिए बात करेगा।"

"वो अपनी फ़िल्मों में प्रेम की जटिलता और रिश्तों के ताने-बाने को बहुत ख़ूबसूरती से दर्शाते हैं। कहानी को परत-दर-परत खोलते जाते हैं, जैसे कोई जादूगर जादू दिखा रहा हो," मीरा ने कहा। एक लम्बी साँस लेकर फिर, अनुराग की ओर देखते हुए मीरा ने अपनी बात आगे बढ़ाई, "आम ज़िन्दगी में हर कहानी का अन्त ख़ुशगवार नहीं होता, और ये उनकी कहानियों में साफ़ नज़र आता है, और इसलिए उनकी फ़िल्में मुझे बहुत पसन्द आती हैं।"

"आम ज़िन्दगी में हर कहानी का अन्त ख़ुशगवार नहीं होता," ये वाक्य शायद अनुराग पे कटाक्ष था। ऐसा अनुराग को लगा।

"हाँ, आप ठीक कहती हैं," त्रिशा ने हामी भरी।

महेश सैंडविच और कॉफ़ी लेकर आ चुका था, उसने ट्रे से दोनों चीज़ें उठाकर त्रिशा के सामने रख दीं। साथ ही अनुराग के लिए ब्लैक कॉफ़ी भी लेकर आया था। अनुराग ने उससे कॉफ़ी का कप लिया और उसे धन्यवाद किया।

"चलो मैं अब उठती हूँ त्रिशा, तुम दोनों बैठो। मुझे बहुत काम निपटाने हैं। तुमसे मिलकर बहुत अच्छा लगा," मीरा ने त्रिशा से कहा और अपनी कुर्सी से उठने लगी।

"मुझे भी बहुत अच्छा लगा आपसे मिलकर।"

"आशा है आप से मुम्बई में भी मुलाक़ात होगी?"

"मुम्बई में...?" मीरा ने उलझन भरे स्वर में पूछा।

"ज़ाहिर है कि अब जब आपका भाई इम्तियाज़ आलम की अगली फ़िल्म लिखने के लिए मुम्बई शिफ़्ट हो रहा है, तो आपका आना-जाना भी लगा ही रहेगा।"

त्रिशा के चेहरे पर मुस्कुराहट थी पर मीरा सवालिया निगाहों से अनुराग को देख रही थी।

# 8

**एक** महीने बाद।

अनुराग अपने घर की बालकनी में बैठा हुआ था, दोपहर धीरे-धीरे दिन से अलग होकर शांम की ओर बढ़ने लगी थी। मुम्बई की ये ऊँची-ऊँची बिल्डिंगें ढलते सूरज के साये में बदहवास आशियानों-सी नज़र आ रही थीं। सामने समंदर का दूधिया रंग मटमैला होने लगा था। समंदर के इस तट को सुबह या शाम के वक़्त देखना चाहिए; सुबह के वक़्त यहाँ मॉर्निंग वॉक और कसरत करने वालों का ताँता सा लगा रहता है, और शाम के वक़्त तो ये जगह कोई और ही दुनिया बन जाती है। पति-पत्नी, प्रेमी-प्रेमिका एक-दूसरे का हाथ थामे समंदर किनारे चलते या बैठे नज़र आते हैं। कहीं रेत के घर बनाते हुए बच्चे दिखाई देते हैं तो कहीं फुटबॉल, बैडमिंटन, वॉलीबॉल खेलती लड़के-लड़कियाँ। हर पन्द्रह-बीस मीटर की दूरी पर नारियल-पानी बेचने वाले मिल जाते हैं। कहीं कोई टोली गिटार बजाती-गाना गाती नज़र आती है तो कहीं कोई स्केच बनाने वाले कलाकार लोगों का स्केच बनाते। शाम होने में अभी कुछ ही घंटे बचे थे, लेकिन शाम की वो स्वप्निल दुनिया इस नीरस दोपहरी से सदियों दूर थी।

अनुराग जिस स्क्रिप्ट को लिखने मुम्बई आया था, वो अब पूरी हो चुकी थी। फ़िल्म की शूटिंग अगले महीने शुरू होने वाली थी और इम्तियाज़ चाहता था कि अनुराग शूटिंग के दौरान फ़िल्म-सेट पर मौजूद रहे। अगर पटकथा लेखक फ़िल्म-सेट पर मौजूद रहे तो निर्देशक और फ़िल्म दोनों को ही फ़ायदा होता है। पर अनुराग अब तक ये तय नहीं कर पाया था कि वो मुम्बई में रहेगा या वापस दिल्ली चला जाएगा। लेकिन दिल्ली जाकर भी, वो क्या...? सवाल का आख़िरी हिस्सा पूरा होने के पहले ही इस नीरस दोपहरी के सन्नाटे में कहीं खो गया।

वो मुम्बई आ तो गया था, लेकिन बार-बार पीछे मुड़कर देखने लगता। मानो उसका अतीत उसका लगातार पीछा कर रहा हो। और आवाज़ लगा रहा हो कि 'ठहर जाओ'। जैसे ही वो रुकता उसका वर्तमान उसकी इच्छा के विरुद्ध उसे उसके अतीत में ला पटकता।

पिछली रात देर तक काम करने की वजह से अनुराग का सिर भारी लग रहा था। नींद पूरी न होने के कारण उसका सिर दर्द से फटा जा रहा था, या फिर अतीत की दुर्गन्ध से, वो नहीं जानता था। वो बालकनी से उठा और अपने कमरे में आकर बिस्तर पर लेट गया।

"**अनुराग,** ज़रा एक मिनट अन्दर आओगे। मुझे मेरा फ़ोन नहीं मिल रहा है," श्लोक ने आवाज़ लगाई।

अभी पाँच मिनट पहले ही अनुराग कॉटेज की बालकनी में आकर बैठा था और धौलाधार के सफ़ेद निरभ्र आलोक में अपने आप को खोज रहा था। वो जब-जब अपनी पलकें झपकाता—शहर की ऊँची-ऊँची इमारतों से, ट्रैफ़िक से भरी सड़कों से, भीड़ भरे बाज़ारों से, लोगों के हो-हल्ले से और ख़्वाहिशों के शोर से निजात पाता चला जाता।

कॉटेज के सामने वाली सँकरी सड़क पर एक छोटी सी बच्ची बैग लटकाए स्कूल जा रही थी। वो हर चार क़दम चलने के बाद अपने बैग को, जो भारी होने की वजह से उसके कन्धे से खिसका जा रहा था, ठीक करती और फिर से चलने लगती। उसे देखकर बिलकुल भी नहीं लगता था कि चढ़ाई चढ़ते वक़्त उसे गिरने का कोई डर है। बिलकुल निडर होकर वह अपनी मंज़िल की ओर बढ़ रही थी। गिरने का डर सिर्फ़ बड़ों को होता है। जैसे-जैसे इनसान की उम्र बढ़ती जाती है वो डरपोक होता चला जाता है।

अनुराग खीजकर अपनी जगह से उठा, वो एक ऋषि-मुनि की तरह ध्यान-मग्न था और श्लोक ने एक आगन्तुक की तरह, न सिर्फ़ उसका ध्यान भटका दिया, बल्कि वो जिस अज्ञात की खोज में लीन था, उसे उस खोज से भी वंचित कर दिया। अनुराग जब कमरे में दाख़िल हुआ तो उसका ग़ुस्सा और भी बढ़ गया; श्लोक बिस्तर पर अधनंगा लेटा हुआ था और उसके होंठों पर एक शरारत भरी मुस्कान थी।

"कैसा मज़ाक़ है यह?" अनुराग की आँखें श्लोक पर गड़ी हुई थीं।

"अच्छा ग़ुस्सा मत होओ। मेरे पास आ जाओ। जब से हम आए हैं, तुम बालकनी में ही चिपके हुए हो। कल भी देर रात तक तुम वहीं बैठे रहे थे," श्लोक ने मनाते हुए उससे कहा।

अनुराग बालकनी के दरवाज़े पर खड़ा कुछ देर तक श्लोक को चुपचाप देखता रहा, और फिर बिस्तर के पास की टेबल पर रखी कॉपी और क़लम लेने के लिए आगे बढ़ा।

"मैं कुछ देर बाहर बैठकर लिखूँगा, उसके बाद आऊँगा आपके पास," ये कहकर अनुराग अपनी कॉपी-क़लम लेकर बालकनी में जाने के लिए मुड़ा ही था कि श्लोक ने उसे पीछे से अपनी बाँहों में भर लिया।

श्लोक का आलिंगन एक ऐसा घर था, जिसमें आकर अनुराग अपने आप को भूल जाता था। सैकड़ों खिड़कियों वाले इस घर में आकर उसकी हर एक तलाश पूरी हो जाती थी।

श्लोक अनुराग की गर्दन को और उसके होंठों को चूमने लगा। कमरे के अन्दर और बाहर मधुर संगीत बज रहा था। इधर दो प्रेमी एक-दूसरे के आलिंगन में प्रेम-गीत गा रहे थे, तो उधर पंछी प्रकृति के आलिंगन में। सब कुछ जैसे रुक सा गया था—समय और ये दुनिया भी।

श्लोक अनुराग की छाती सहला रहा था, धीरे-धीरे वो दोनों प्रेम के अनुवाद में खोते जा रहे थे। उनकी दिल की धड़कनें भी एक-दूसरे से ताल मिलाकर धड़क रही थीं। अब न वो इस दुनिया के क़ैदी थे और न ही उसकी रस्मों के। जैसे एक नदी समंदर में जाकर मिल जाती है, वैसे ही अनुराग और श्लोक एक-दूसरे में विलीन थे।

उन्हें न समय की परवाह थी और न ही उससे कोई शिकायत। पंछी ताल-से-ताल मिलाकर अब भी प्रेम गीत गा रहे थे। कमरे की खिड़की से पीली धूप अन्दर आकर दोनों प्रेमियों के सिरहाने रुक गई थी। धूप के इस टुकड़े ने जैसे श्लोक को, अनुराग को, नवम्बर की इस सर्द सुबह को और बाहर गीत गाते पंछियों को एक सुर में बाँध दिया था।

**अनुराग** हड़बड़ाकर उठ बैठा; उसकी पूरी देह पसीने से तर-बतर थी। उसने आसपास देखा, श्लोक का कहीं कोई नामोनिशान नहीं था। 'फिर ये पसीना?' वो बिस्तर से उठा और बालकनी का दरवाज़ा खोलकर बाहर चला गया—कंक्रीट की इमारतें, लोगों की भीड़, ट्रैफ़िक का शोर और वक़्त की पहरेदारी के अलावा वहाँ और कुछ नहीं था। सितम्बर का सूरज अपना पसीजा हुआ चेहरा ओढ़े चमकते रहने का दिखावा कर रहा था।

'चमकते रहने का ऐसा ही एक दिखावा तुम भी तो कर रहे हो', एक महीन सी आवाज़ उसके अन्तर्मन से फूटी।

भीतर कमरे में उसके फ़ोन की घंटी बजी, लेकिन उसका मन नहीं हुआ जाकर देखे कि किसका फ़ोन है। वहीं बालकनी में खड़ा रहा और ट्रैफ़िक के शोर में अपनी ज़िन्दगी के टूटे-बिखरे साज़ों को समेटने की कोशिश करने लगा। काश वो इस वक़्त पहाड़ों पर होता, तो शायद अपनी इस खोज को अंजाम तक ले जा पाता। या फिर शायद अगर श्लोक उसके साथ होता तो...

उसने एक सिगरेट सुलगाई और वहीं कुर्सी पर बैठ गया। कमरे में फ़ोन की घंटी दोबारा बजी, मुँह में सिगरेट दबाए वो कमरे में दाख़िल हुआ। इम्तियाज़ का फ़ोन आ रहा था, लेकिन उसने उठाया नहीं। वो अभी किसी से बात नहीं करना चाहता था। उसने फ़ोन स्विच-ऑफ़ कर दिया, और फिर वापस बालकनी में जाकर बैठ गया। शाम ढलने में अब भी वक़्त था। सिनेमा के लिए पटकथा लिखने वाले इस लेखक की ज़िन्दगी महज़ एक सिनेमा बनकर रह गई थी। वो जब भी उसे पास से पकड़ने की कोशिश करता, उसके हाथ में बस एक ऊँची-ख़ाली दीवार और एक सफ़ेद परदा ही बचता।

**श्लोक** बहुत देर से अपने कमरे के दरवाज़े के पास बैठा लॉन की ओर देख रहा था। खिड़की पर टँगे टाट के परदों से रोशनी का एक जत्था कमरे के अन्दर दाख़िल हो रहा था। सामने एक स्टूल पर कुछ किताबें रखी हुई थीं। रखी क्या, पड़ी हुई थीं। कॉलोनी में जो नया चौकीदार आया था, वो दोपहर के वक़्त भी अपनी लाठी पटकता हुआ कॉलोनी के चक्कर लगाता फिरता था। न जाने वो इस वक़्त किसे सतर्क करने की कोशिश में जुटा

हुआ था। खट-खट की आवाज़ तेज़ी से श्लोक की ओर बढ़ रही थी, और फिर अचानक ही वो आवाज़ एक जगह पर आकर ठहर गई थी। शायद चौकीदार श्लोक के घर के बाहर ही अपनी लाठी ज़मीन पर पटक रहा था। लेकिन क्यों? वो श्लोक को किस चीज़ से सावधान कर देना चाहता था?

श्लोक एक सिगरेट सुलगाकर लॉन में जाकर बैठ गया। धूप की चादर चारों ओर चहलक़दमी कर रही थी। धूप मद्धिम थी, एक मीठी सी सुगबुगाहट अपने चेहरे पर सजाए हुए। जैसे वो जुलाई की नहीं, मार्च की धूप थी। लेकिन, बसंत तो कब का गुज़र चुका। दूर आसमान में बादल तैरते दिखाई दे रहे थे। चौकीदार अपनी लाठी पटकता हुआ अगली लेन की ओर बढ़ गया, जैसे वो सिर्फ़ श्लोक को उसके कमरे से बाहर लाने के लिए ही यहाँ आया था। घर के सामने जो पार्क था, वो ख़ाली पड़ा था; कुर्सियाँ-बेंच सूरज की पीली रोशनी में नहाई हुई तो थीं, पर तनहा थीं। पेड़, हमेशा की तरह, अपनी जगह पर चुपचाप खड़े थे। जब भी वो पेड़ों की ओर देखता, वो गहरी सोच में खड़े लोगों से दिखाई पड़ते; फिर चाहे वो किसी पार्क में खड़े हों, किसी सड़क के किनारे, किसी हाइवे पर या किसी जंगल में।

जब तक श्लोक ने अपनी सिगरेट ख़त्म की, दिल्ली का आसमान बादलों से भर चुका था। उसने वहीं बैठे रहने का निर्णय लिया। थोड़ी ही देर में हल्की बूँदाबाँदी शुरू हो गई। बारिश की बूँदें रह-रहकर उसके चेहरे को चूम जाती थीं, लेकिन पहले की तरह इन बूँदों में कोई अपनापन नहीं था। लेकिन इस बारिश का कुछ मक़सद तो ज़रूर था, क्या—ये वो नहीं जानता था। वो छड़ी का सहारा लेकर कुर्सी से उठा, और लॉन में जो नीम का पेड़ था, उसके नीचे लगी बेंच पर बैठ गया। छड़ी से वो अपने पैरों के पास की ज़मीन को खोदने लगा, और जब तक एक छोटा सा गड्ढा

नहीं बन गया, वो मिट्टी को खोदता रहा। बारिश तेज़ हो गई थी, वह पूरी तरह भीग गया और वो गड्ढा बारिश के पानी से भर गया, लेकिन श्लोक वहीं बैठा रहा। गड्ढे का गन्दा पानी बार-बार ऊपर आकर उसके पैरों को कीचड़ से भर देता। धीरे-धीरे उसके दोनों पैर कीचड़ में धँसने लगे।

कुछ ही देर में उसके आसपास एक दलदल-सा बन गया, चारों ओर पानी इतना भर गया था कि जैसे किसी नदी का पानी उतर आया था उस लॉन में। उसने अपनी छड़ी का सहारा लेकर खड़े होने की कोशिश की, लेकिन मिट्टी गीली होने के कारण उसकी छड़ी फिसल गई और वो खड़ा नहीं हो पाया। वो बेंच पर लड़खड़ाकर गिर गया। उसने ग़ुस्से में छड़ी लॉन के दूसरे कोने में फेंक दी और अपने दाहिने हाथ से बेंच को पकड़कर, किसी तरह खड़ा हुआ। पैरों को धीरे-धीरे जमाकर वो लँगड़ाता हुआ किसी तरह अपने कमरे की ओर बढ़ा।

कमरे में पहुँचकर वह बाथरूम गया। हाथ-मुँह धोकर, कपड़े बदलकर अपने बिस्तर पर बैठा और एक सिगरेट सुलगाई। यहाँ उसके हाथ में सिगरेट सुलग रही थी और उसके अन्दर सुलग रही थी उसकी अन्तहीन व्यथा। क्या इस व्यथा में सुलगते रहना ही उसकी नियति थी? क्या कोई रास्ता नहीं था इससे निजात पाने का? एक रास्ता है, मन के एक अँधेरे कोने से फिर आवाज़ आई—आत्महत्या।

लेकिन वो क्यों आत्महत्या करे? अब तो वो अपने पैरों से उतना लाचार भी नहीं था; फ़िज़ियोथेरेपी से उसे काफ़ी फ़ायदा हुआ था—डॉक्टर का कहना था कि ज़्यादा से ज़्यादा दस-पन्द्रह दिनों में वो बिना किसी सहारे के चल-फिर सकेगा। क्या उसे इस बात की कोई ख़ुशी नहीं थी? लेकिन क्या प्रेम में हारा हुआ इनसान कभी किसी और बात से ख़ुश हो सकता है?

अनुराग को मुम्बई गए हुए एक महीना हो गया था, और इस एक महीने में एक बार भी उन दोनों में कोई बातचीत नहीं हुई थी; न अनुराग ने फ़ोन किया था और न उसने ही कोई पहल की थी। उसने सिगरेट बुझाई और अपना फ़ोन उठाकर अनुराग का फ़ोन नम्बर निकाला। देर तक वो उसके फ़ोन नम्बर को देखता रहा; कई बार उँगली डायल बटन की ओर बढ़ी, और फिर रुक गई। बहुत हिम्मत करके उसने डायल का बटन दबाया, लेकिन अनुराग तक फ़ोन की घंटी पहुँचे उससे पहले ही फ़ोन काट दिया।

ऐश्ट्रे में सिगरेट अब भी पूरी तरह से बुझी नहीं थी, उसका बचा-खुचा धुआँ कमरे को धुँधला कर रहा था। वो देर तक उस अधजली सिगरेट को देखता रहा था। ये ऐश्ट्रे की राख तुम्हारी ज़िन्दगी है, और इसमें पड़ी अधजली सिगरेट तुम्हारा वर्तमान। बहुत जल्द तुम इस राख में दफ़्न महज़ एक टुर्रा बनकर रह जाओगे। अन्दर से आई आवाज़ ने उसका ध्यान भटका दिया था।

श्लोक अपनी दोहरी ज़िन्दगी से ऊब चुका था। वह अन्दर-ही-अन्दर अपने आप से लड़ रहा था और अब थक चुका था। वो चाहता था कि ये अन्तर्द्वंद्व अब ख़त्म हो। लेकिन कैसे?

**मीरा** का बर्ताव अब बहुत बदल गया था; जैसे-जैसे श्लोक ठीक हो रहा था, मीरा उससे दूर होती जा रही थी। सुबह कैफ़े जाने के पहले वो श्लोक का नाश्ता और दवाइयाँ खाने की टेबल पर रखकर चली जाती और रात में अक्सर वो कैफ़े से खाकर ही आती थी। कैफ़े से वापस आने के बाद वो उसे खाना परोसकर दे देती और दवाइयाँ टेबल पर रखकर अपने कमरे में सोने चली जाती। एक-दो बार जब श्लोक ने सुबह के वक़्त उससे बात

करने की कोशिश की, तो मीरा ये कहकर उसे टाल देती थी कि उसे कैफ़े के लिए देर हो रही है। और कैफ़े से लौटने के बाद वो ये कहकर अपने कमरे में चली जाती कि वो बहुत थकी हुई है और कल बात करेगी। श्लोक को मीरा के इस बर्ताव से कोई हैरानी नहीं थी। शायद वो इसी व्यवहार के लायक़ था। शायद यही उसकी सज़ा थी। उसने तय किया कि कल सुबह वो मीरा से बात करेगा। चाहे कुछ भी हो जाए, कल वो उसे तब तक कैफ़े नहीं जाने देगा जब तक वो उससे खुलकर बात नहीं कर लेती।

आमतौर पर श्लोक सुबह दस बजे के लगभग जगता था, और जैसे ही वो जागता, मीरा के कैफ़े जाने का वक़्त हो जाता था। मीरा से बात करने की सनक उसके सिर पर सवार थी, और इसलिए वो आज सुबह नौ बजे ही जग गया था। वो आज जान ही लेना चाहता था कि आख़िर मीरा चाहती क्या है? लेकिन क्या वो ये नहीं जानता था कि मीरा क्या चाहती है? या फिर वो उसके मुँह से सुनना चाहता था उसका फ़ैसला?

कुछ देर तक वो अपने बिस्तर पर ही बैठा रहा। लॉन का दरवाज़ा खुला हुआ था, इसका मतलब मीरा सुबह उसके कमरे में आई थी। पिछली रात की बारिश का पानी अब भी लॉन में जमा था; गीली घास पर मक्खियाँ भिनभिना रही थीं, क्यारियों में कीचड़ जमा हुआ था, बादल आसमान में एक मनहूस साये की तरह छाए हुए थे। कुछ भी नहीं बदला था पिछली रात से; न मौसम और न ही उसके अपने हालात। अगर कुछ बदला था तो वो था नीम के पेड़ के सामने का वो दलदल, जो अब और गहरा हो गया था।

श्लोक बिस्तर से नीचे उतरा और छड़ी लेकर कमरे से बाहर निकला। किसी तरह सीढ़ियाँ चढ़कर हाँफता हुआ वो मीरा के कमरे के दरवाज़े पर पहुँचा।

"तुम्हें अगर मुझसे कुछ कहना है, तो साफ़-साफ़ क्यों नहीं

कहती?" श्लोक कमरे के अन्दर दाख़िल हुआ और बिस्तर के सामने रखी कुर्सी पर बैठ गया। इतने दिनों बाद सीढ़ियाँ चढ़ने की वजह से उसके पैरों में खिंचाव सा आ गया था।

"कहने-सुनने को अब और क्या बाक़ी रह गया है।" मीरा की आँखें खिड़की के बाहर कुछ तलाश रही थीं। बादल और गहरा गए थे, एक अजीब सी उदासी पूरे आसमान में छाई हुई थी। इन बादलों को देखकर ये तय करना मुश्किल था कि वो श्लोक की उदासी बाँट रहे थे या मीरा की...

"क्यों नहीं रह गया है? मैं तुम्हारा गुनहगार हूँ, तुम मुझे सज़ा दो, मुझे भला-बुरा कहो, लेकिन यूँ चुप मत रहो," श्लोक ने गिड़गिड़ाते हुए कहा। एक भारी सा विषाद उसके स्वर में भर आया था।

क्या किसी को भला-बुरा कहने से, उसे कोसने से, उसका गुनाह कम हो जाता है... दोषी को सज़ा दे भी दे गर कोई, तो क्या उसका गुनाह, गुनाह नहीं रह जाता...

"क्या फ़ायदा होगा उससे? तुमने जो किया है, उसकी सज़ा तुम्हें ऊपरवाला देगा। मैं कौन होती हूँ तुम्हें सज़ा..." मीरा कहते-कहते रुक गई। एक लम्बी साँस भरके उसने चुप्पी साध ली, और फिर खिड़की के बाहर देखने लगी।

**श्लोक** ने अपनी छड़ी कुर्सी से टिका दी और लँगड़ाता हुआ मीरा की ओर बढ़ा। अपनी बाँहें फैलाकर उसने मीरा को अपने गले से लगाकर उससे माफ़ी माँगने की कोशिश की, लेकिन मीरा ने उसका हाथ झटक दिया।

"मुझे अब तुमसे कोई बात नहीं करनी श्लोक। मैंने फ़ैसला कर लिया है," ये कहकर मीरा अपनी अलमारी की ओर बढ़ी।

"कैसा फ़ैसला?" श्लोक के पैर कमज़ोर पड़ने लगे, उसने बिस्तर

को पकड़कर किसी तरह अपने आप को गिरने से बचाया।

मीरा ने कुछ काग़ज़ श्लोक की ओर बढ़ा दिए, "मुझे तलाक़ चाहिए। तुम्हारे साथ एक छत के नीचे रहना मुझे क़ैद जैसा लगता है; दम घुटता है मेरा यहाँ।"

कमरे में अजीब सी ख़ामोशी छा गई। "जब तक मैं कैफ़े से लौटूँ, इनपे दस्तख़त कर देना," मीरा ने बात पूरी की और बैग उठाकर कमरे से बाहर निकल गई।

"लेकिन, ये घर जितना मेरा है उतना तुम्हारा भी तो है," श्लोक ने कहा।

"था, अब नहीं है," मीरा ने ग़ुस्से में कहा और वहाँ से चली गई।

मीरा के क़दम तेज़ी से सीढ़ियाँ उतरकर घर के मेन दरवाज़े की ओर बढ़ रहे थे। श्लोक दौड़कर मीरा को रोक लेना चाहता था, उसके क़दमों में गिरकर उससे माफ़ी माँगना चाहता था, लेकिन उसके पैरों की लाचारी ने उसे ऐसा करने से वंचित कर दिया। वो किसी तरह लँगड़ाता हुआ मीरा के पीछे-पीछे चलने लगा। लेकिन जब तक वो सीढ़ियाँ उतरकर मेन दरवाज़े तक पहुँचता, मीरा वहाँ से जा चुकी थी।

श्लोक वापस सीढ़ियाँ चढ़कर दोबारा ऊपर के कमरे में पहुँचा; आज बहुत दिनों बाद वो इस कमरे में आया था। अचानक उसकी नज़र कमरे के उस कोने पर पड़ी, जहाँ मीरा ने तीन सूटकेसों में अपना सामान पैक करके रखा था। उसे तो पता भी नहीं चला था कि कब मीरा ने ये सब तैयारी कर ली थी; वकील के पास जाना, तलाक़ के काग़ज़ात बनवाना, सामान पैक कर लेना। क्या उसने अपने लिए कोई और घर भी ढूँढ़ लिया था?

"क्या वो सच में उसे छोड़ देना चाहती थी?" श्लोक ने अपने आप

से ये सवाल पूछा और फिर उसे ख़ुद पर ही हँसी आ गई। शायद उसके कर्मों की यही सज़ा थी, कि वो अकेले जिए—बिना मीरा के, और बिना अनुराग के।

वो लँगड़ाता हुआ खिड़की के पास जाकर खड़ा हो गया और आसमान को घूरने लगा। वैसे तो आसमान के पास हर चीज़ का जवाब होता है, लेकिन इस वक़्त इस बिन्दुमय धूसर आकाश के पास उसके सवालों का कोई जवाब नहीं था। अगर आकाश ठहरा हुआ होता तो शायद श्लोक को उसके सवालों का जवाब दे पाता, लेकिन वो तो जैसे कहीं भाग रहा था।

श्लोक सोचता रहा कि अब किसी को उसकी ज़रूरत नहीं; न अनुराग को, न मीरा को, न उसके कॉलेज को और न ही उसके छात्रों को। उसे लगा कि इस पूरी दुनिया में शायद एक भी ऐसा आदमी नहीं जिसे उसकी ज़रूरत हो।

वह कमरे की दीवारों पर टँगी तस्वीरों को देखने लगा, एक हल्की-सी मुस्कुराहट उसके होंठों पर तैर गई। वो तस्वीरें जैसे किसी ख़्वाब का हिस्सा थीं अब। फिर उसकी नज़र दीवार पर टँगे कैलेंडर पर पड़ी, सितम्बर का महीना था और तारीख़—पाँच। कुछ देर तक वह कैलेंडर को देखता रहा। बहुत देर से खड़े होने की वजह से उसके पैर थरथराने लगे थे। उसका सिर घूमने लगा था। ऐसा लग रहा था कि पृथ्वी के साथ-साथ वो भी घूम रहा है। किसी दिशाहारे की तरह।

ऐसा लगा जैसे चारों ओर के सन्नाटे को चीरती हुई एक आवाज़ उसके कानों में गूँज रही हो। "अपने आप को मौत के हवाले कर दो, और कोई रास्ता नहीं तुम्हारी मुक्ति का।"

श्लोक के पैरों में एक खिंचाव-सा महसूस हुआ, जैसे एकाएक

किसी ने उनमें से पूरी जान खींच ली हो। वो किसी तरह छड़ी के सहारे अपने सुन्न पैरों को घसीटता हुआ बिस्तर तक पहुँचा, और लेट गया। देर तक उसकी उदास आँखें कमरे की छत को एकटक देखती रहीं; छत के बीचोबीच एक दरार-सी पड़ गई थी। उसकी आँखें उस दरार का पीछा करती हुईं, फिर से उसी सवाल पर जा अटकी, 'क्या सच में आत्महत्या ही उसकी मुक्ति का एकमात्र रास्ता है?' मीरा को तलाक़ चाहिए, तो क्यों न वो तलाक़ के काग़ज़ों पर दस्तख़त करके, यहाँ से कहीं दूर चला जाए। उसे कोई हक़ भी तो नहीं, मीरा को यूँ बाँधे रखने का! क्या पलायन उसकी मुक्ति का विकल्प नहीं हो सकता?

कभी-कभी किसी क्षण में सब कुछ उसके लिए बहुत सीधा, स्पष्ट और आसान सा दिखने लगता, और फिर अगले ही क्षण में सब कुछ जैसे अन्धकार में खो जाता; छिन्न-भिन्न, टूटा-बिखरा और मृत-सा।

**लॉन** में नीम का जो पेड़ था, श्लोक उसके सामने रखी बेंच पर बैठा हुआ था। उसके पास शेविंग करने के दो नये ब्लेड पड़े हुए थे। पिछली शाम का खोदा हुआ गड्ढा अब भी बारिश के पानी से लबालब भरा हुआ था और बेंच के चारों ओर कीचड़ फैला हुआ था। वो पूरे दिन वहीं उसी बेंच पर बैठा रहा—न कुछ खाया और न कुछ पीया। शाम ढलने को आई, लेकिन, उस गोधूली आसमान में उसके लिए उम्मीद की एक किरण तक नहीं थी। उसने एक सिगरेट सुलगाई। सिगरेट पीते वक़्त बेंच पर रखे ब्लेडों को घूरता रहा और मन-ही-मन सोचता रहा कि कैसे इतनी छोटी सी चीज़ इनसान को उसके सारे दुखों से मुक्त कर देने की क्षमता रखती है। सिगरेट पी लेने के बाद, एक बार को उसका मन हुआ कि एक नोट छोड़ जाए, लेकिन किसके लिए नोट लिखता वह।

उसने आख़िरी बार आसमान की ओर देखा और अपने दोनों हाथों में एक-एक ब्लेड उठा ली। एक क्षण के लिए उसने अपने घर की ओर देखा, जैसे अलविदा कह रहा हो, और फिर ज़मीन पर बैठ गया।

**क़रीब** साढ़े आठ बजे मीरा घर लौटी। श्लोक को उसके कमरे में न पाकर वो लॉन की ओर चली गई। श्लोक घास पर लेटा हुआ था। मीरा भागती हुई उसके पास गई, वो खुली आँखों से आसमान को निहार रहा था; उसकी आँखों में एक पश्चात्ताप ठहरा हुआ था। मरते वक़्त इनसान के मन में जो आख़िरी ख़याल आता है, शायद वो एहसास उसकी मृत आँखों में ठहर जाता है। मीरा वहीं उसके सिरहाने बैठ गई, उसकी आँखें इधर-उधर कुछ तलाश रही थीं। दोनों कलाइयों से रक्त बहकर मिट्टी में समा गया था; एक अजीब सा रंग उसके चारों ओर फैला हुआ था। इस रंग को पहचान पाना, उसे कोई नाम दे पाना मुश्किल था। हरे रंग की घास, उस पर मिट्टी पर जमे कीचड़ का रंग, मिट्टी में धँसे छोटे-छोटे कंकड़ों का रंग और उसमें मिला हुआ श्लोक का ख़ून। उसकी दाईं और बाईं हथेली के पास शेव करने का ब्लेड पड़ा हुआ था, लेकिन उसके धार पर ख़ून के कोई ख़ास धब्बे मौजूद नहीं थे, शायद मिट्टी गीली होने के कारण ख़ून उस पर जम नहीं पाया था। हाथ और पैरों के नाख़ून सफ़ेद पड़ चुके थे, और चेहरा—ज़र्द। इस वक़्त आसमान का भी रंग ऐसा ही था; मौत सा सुनसान और वीरान। हवा में एक अजीब सी गन्ध थी; जैसे ये किसी घर का लॉन नहीं, कोई मुर्दाघर हो।

मीरा नहीं जानती थी कि श्लोक ने अपनी आख़िरी साँसें कब ली होंगी, तब से लेकर अब तक जैसे एक पूरी सदी गुज़र चुकी थी। वो बहुत दूर आ चुकी थी, एक ओर केवल समाधियाँ थीं तो दूजी ओर वृक्षों की

कठोर शालीनता। अलसाई-सी एक लम्बी ख़ाली सड़क आसमान को घूर रही थी। सड़क के एक ओर श्मशान था। राख की बू हवा को लगातार मटमैला कर रही थी, तो दूजी ओर क़ब्रिस्तान था; क़ब्रों पर पड़े सूखे-सड़े फूलों की बू मिट्टी का दम घोंट रही थी। वो बहुत देर तक वहाँ श्लोक के सिरहाने बैठी रही। क्या उसे आने में देर हो गई? अगर वो शाम को जल्दी घर आ जाती तो क्या वो श्लोक को...? क्या सुबह की लड़ाई की वजह से श्लोक ने...?

# 9

**श्लोक** हड़बड़ाकर जगा, उसका पूरा चेहरा पसीने से तर-बतर था। बिस्तर पर लेटे-लेटे कब उसकी आँख लग गई, उसे पता ही नहीं चला। थोड़ी देर आराम करने की वजह से उसके पैरों में अब थोड़ी जान आ गई थी। उसके पैरों का थरथराना तो बन्द हो गया था, लेकिन जो दुःस्वप्न उसने देखा था, उसके कारण उसका मन अब भी थरथर काँप रहा था। यूँ तो वापसी का रास्ता सदैव लम्बा होता है, लेकिन सपने में श्लोक जिस राह पर निकल पड़ा था, वहाँ से वापसी का कोई रास्ता ही नहीं था। कभी-कभी घूम-फिर लेने के बाद अपने पास वापस लौट आना भी बहुत कठिन होता है, और वापस लौटने का रास्ता, बहुत लम्बा। लेकिन, इनसान जाए तो जाए कहाँ, किसी और के पास लौटा भी तो नहीं जा सकता। हाँ, कुछ दिनों के लिए ठहरा ज़रूर जा सकता है।

वो बिस्तर से उठा, अपनी छड़ी उठाई और लँगड़ाता हुआ सीढ़ी उतरकर अपने कमरे में चला गया। एक गहरी साँस भरते हुए वो लॉन के दरवाज़े की ओर बढ़ा और एक थके-हारे यात्री की तरह देहरी पर ही बैठ गया। देहरी पर ठिठकी धूप उसके क़दमों के पास आकर रुक गई।

जब कभी इनसान किसी एक जगह पर बहुत देर तक ठहर जाता है, तो वह भूल जाता है कि वो वहाँ किसलिए आया था, क्यों आया था और क्यों ठहर गया? श्लोक को उस शहर की तलाश थी, जो अब तक बना नहीं था; वो शहर जिसका कोई नाम-ओ-निशाँ नहीं था—न किसी नक़्शे पर और न किसी की यादों में। उसे अपने लिए वो शहर ख़ुद ही ढूँढ़कर निकालना था।

मीरा रात साढ़े आठ बजे घर लौटी। श्लोक के कमरे का दरवाज़ा बन्द था, शायद वो आराम कर रहा था, ये सोचकर वो सीधे ऊपर अपने कमरे में चली गई। उसने बिस्तर पर अपना हैंडबैग रखा और फिर जूड़ा खोलने के लिए ड्रेसिंग-टेबल की ओर मुड़ी। मुड़ते ही उसकी नज़र ड्रेसिंग-टेबल पर रखे एक सफ़ेद रंग के लिफ़ाफ़े पर पड़ी। उसने लिफ़ाफ़ा खोला, अन्दर एक चिट्ठी थी। लिफ़ाफ़े के नीचे काग़ज़ का एक मोटा बंडल रखा हुआ था, जिसके पहले पृष्ठ पर मोटे-बड़े अक्षरों में लिखा हुआ था, 'देहरी पर ठिठकी धूप'। क्या ये वही उपन्यास था, जिसे पूरा करने के लिए श्लोक मैक्लॉडगंज गया था? इस सवाल का जवाब ढूँढ़ने के लिए मीरा ने चिट्ठी पढ़ना शुरू किया :

प्रिय मीरा,

अस्पताल के वेटिंग रूम में मेरे बारे में जो सच तुमने जाना, वो मैं ख़ुद तुम्हें बताना चाहता था। हाँ, ये भी सच है कि पिछले पाँच सालों में, मैं अपना सच तुम्हें बताने में नाकामयाब रहा। शायद तुम सोच रही होगी कि मैं इतना बुज़दिल कब से हो गया? ये कहना ग़लत न होगा कि मैं तुम्हें हमेशा के लिए खो देने से डरता था। लेकिन, सच ये भी

है कि तुम्हें सच न बताकर, तुम्हें धोखा देकर, मैं अब तुम्हें पूरी तरह से खो चुका हूँ। शायद ये ही मेरा भाग्य है, बेहतर शब्दों में कहूँ तो, मेरा दुर्भाग्य।

एक वक़्त आता है जब कुछ रिश्तों में दरारें साफ़ दिखने लगती हैं, रिश्ते मगर...फिर भी दिल की गुफाओं से आवाज़ लगाते हैं कि जो टूट गया है, जोड़ लो उन्हें फिर से। कोशिश बार-बार करता है इनसान कि टूटा-बिखरा सब कुछ बटोर ले; रंजिशों को भुला दे, गिले-शिकवों को मिटा दे। लेकिन कभी-कभी बहुत देर हो चुकी होती है, और फिर रिश्ते नज़र नहीं आते, बस उन पर पड़ी दरारें दिखाई देती हैं। एहसासों में कोई नरमी नहीं होती और न कोई प्रेम, वो बस आपको सताने में जुट जाते हैं। रिश्ते नफ़रत के एक शहर में बदल जाते हैं; जिसमें बसते हैं उनके भूले-बिसरे नाम, दरारें और उन दरारों में रहने वाले लोग। मैं नहीं जानता कि तुम मुझसे कितनी नफ़रत करती हो, और ये भी नहीं कि तुम मुझे कभी माफ़ कर सकोगी या नहीं। अगर न कर सकी, तो उसका दोषी मैं स्वयं को ही ठहराऊँगा, तुम्हें नहीं। मैंने तुम्हें अँधेरे में रखकर जो भूल की है, तुम्हारे साथ जो इतना बड़ा विश्वासघात किया है, अपनी आत्मा को खँगालकर मैंने उसका कई बार विश्लेषण किया है, और हर बार ये ही पाया है कि मेरे गुनाहों की सज़ा यही है कि मैं तुमसे जितना दूर हो सके, चला जाऊँ। मेरी परछाईं भी तुम पर न पड़े, इतनी दूर।

मैंने तलाक़ के काग़ज़ों पर दस्तख़त कर दिए हैं। और हाँ, तुम्हें ये घर छोड़कर जाने की कोई ज़रूरत नहीं। ये घर

तुम्हारा था, है और हमेशा ही रहेगा। लेकिन फिर भी अगर तुम कहीं और रहना चाहो, तो तुम इस घर को बेच सकती हो। घर तुम्हारे नाम पर ही है, और उसके सारे काग़ज़ात मेरे स्टडी में है। खिड़की के पास वाली अलमारी के पहले दराज़ में तुम्हें सारे काग़ज़ात मिल जाएँगे।

जिस उपन्यास के बारे में मैंने तुम्हें बताया था, वो दरअसल उपन्यास नहीं, मेरी जीवनी है। मैं पिछले पाँच सालों से हर रात सोने के पहले डायरी लिखा करता था। वो डायरी अब मैं तुम्हें सौंप रहा हूँ।

कहने को बहुत कुछ है, लेकिन, शब्द साथ नहीं देते।

श्लोक

**दोपहर** का वक़्त था, और उच्च न्यायालय के सामने LGBTQ कम्यूनिटी के लोगों की भीड़ जमा थी। क्या आज का दिन ऐतिहासिक होने वाला है? ये सवाल हर एक के दिल में उबाल ले रहा था। चारों ओर पोस्टर लिये लोग एक-दूसरे का मनोबल बढ़ा रहे थे। 'GAY AND PROUD', 'DROP 377', 'LOVE IS GENDER LESS', 'PRIDE, NOT PREJUDICE', 'LGBTQ RIGHTS ARE HUMAN RIGHTS', और ऐसे न जाने कितने पोस्टर चारों ओर लोगों के हाथों में नज़र आ रहे थे। हर तरफ़ मीडिया का जमावड़ा लगा हुआ था। आकाश में प्रेम की गूँज थी, अब देखना ये था कि क्या ये गूँज उच्च न्यायालय के जजों तक पहुँचती है या नहीं? क्या LGBTQ कम्यूनिटी को उनका हक़ मिलेगा? क्या इस बार न्याय होगा?

अनुराग ने जब से लिखना शुरू किया था, तब से ही वो इस मुहिम का और इस लड़ाई का एक अहम हिस्सा बन गया था। और आज

इस ऐतिहासिक दिन, वो मुम्बई में कैसे बैठा रह सकता था। वो सुबह की फ़्लाइट लेकर दिल्ली आ गया था और हवाई अड्डे से सीधा उच्च न्यायालय पहुँच गया था। दिल्ली के उसके कुछ दोस्त भी उसका साथ देने के लिए वहाँ पहुँचे थे। वहाँ मौजूद सैकड़ों LGBTQ कम्यूनिटी के लोगों को, सितम्बर रूपी उस आकाश को और अनुराग को बस बसंत के आगमन की प्रतीक्षा थी। वो बसंत जो धारा 377 को अवैध घोषित करे।

**आख़िरकार,** उच्च न्यायालय ने इतिहास रचा :

> सुप्रीम कोर्ट ने धारा 377 को अतार्किक और मनमानी बताते हुए कहा कि LGBTQ समुदाय को भी समान अधिकार है। अन्तरंगता और निजता किसी की निजी च्वाइस है। इसमें राज्य को दख़ल नहीं देना चाहिए। कोर्ट ने ये भी कहा कि किसी भी तरह का भेदभाव मौलिक अधिकारों का हनन है। इतने सालों बाद इनसान के रूप में स्वीकृति पाकर, पूरे LGBTQ समुदाय में ख़ुशी की लहर-सी दौड़ गई। ख़ुशी का इज़हार कोई सड़कों पर नाच-गाकर कर रहा था तो कोई सोशल मीडिया पर।
>
> जस्टिस इंदु मल्होत्रा ने कहा, इतिहास को LGBTQ समुदाय से उन्हें दी गई यातना के लिए माफ़ी माँगनी चाहिए।

**शाम** का वक़्त था, अनुराग और उसके कुछ दोस्त प्रेस क्लब ऑफ़ इंडिया में बैठकर बीयर पी रहे थे। क़रीब दस बजे जब सब लोग वहाँ से निकल रहे थे, तभी उसके एक दोस्त ने उससे पूछा, "रात कहाँ गुज़ारने की सोच रहे हो? कोई होटल बुक न किया हो अगर, तो मेरे यहाँ ठहर सकते हो।"

"नहीं, होटल तो बुक नहीं किया। तुम घर चले जाओ, मैं कुछ-न-

कुछ प्रबन्ध कर लूँगा," अनुराग ने अपने दोस्त को विदा किया और वहीं क्लब के बाहर चबूतरे पर बैठ गया। उसने एक सिगरेट सुलगाई। अनुराग ये तय नहीं कर पा रहा था कि उसे किसी होटल में रुकना चाहिए, या श्लोक और मीरा के यहाँ। लेकिन, किस हक़ से वो मीरा के घर जाता? श्लोक को छोड़कर वो चला गया था, किस मुँह से वो अब उसके सामने जा पाता?

उसने अपना फ़ोन निकाला, सुबह से एक बार भी उसने अपना फ़ोन नहीं देखा था। अक्सर इनसान जब कोई फ़ैसला नहीं ले पाता, तब वो उस फ़ैसले को टालने के लिए अपना ध्यान किसी और काम में लगाने की कोशिश में जुट जाता है। अनुराग ने भी यही किया। वो फ़ोन पर अपने ज़रूरी ईमेल छाँटने लगा। उसमें एक ईमेल श्लोक का भी था।

प्रिय अनुराग,

बहुत दिनों से तुम्हें लिखने की सोच रहा था। कई बार ईमेल लिखकर, डिलीट कर दिया। कई बार सेंड बटन को देर तक देखता रहा, लेकिन ईमेल भेजने की हिम्मत नहीं जुटा पाया। एक भारी सा मौन हमारे बीच घर बना चुका है, और उस मौन को मैं चाहूँ भी तो अकेले नहीं तोड़ सकता। काश कि वो मौन अपने आप ही थरथराकर बिखर जाता। लेकिन, कुछ भी कहाँ अपने आप ही होता है। इसलिए आज हिम्मत करके ये ईमेल तुम्हें लिख रहा हूँ। जानते हो, आज मैंने सेंड बटन दबाने के पहले एक बार भी नहीं सोचा। जो कुछ मन में था, तुम्हें लिखकर भेज रहा हूँ।

अपनी बात मैं एक ख़ुशख़बरी से शुरू करता हूँ—अब मैं छड़ी के सहारे चल सकता हूँ। अब मुझे व्हीलचेयर का

उपयोग नहीं करना पड़ता, और न ही किसी पर निर्भर होना पड़ता है। हाँ, छड़ी के सहारे चलने की वजह से, थोड़ा लँगड़ा ज़रूर हो गया हूँ, लेकिन कोई शिकायत नहीं। जिस इनसान की ज़िन्दगी ही ऐसी अपाहिज बन गई हो, तो उसे अपने लँगड़ेपन से शिकायत नहीं करनी चाहिए। शायद कुछ दिन में मुझे चलने-फिरने के लिए छड़ी की भी आवश्यकता न पड़े। रही बात लँगड़ेपन की, तो ज़िन्दगी और मैं दोनों, अपने पैरों पर बिना किसी सहारे के और बिना लँगड़ाए चलने की कोशिश में जुटे रहेंगे।

मीरा और मैंने अपनी ज़िन्दगी अलग-अलग गुज़ारने का निर्णय ले लिया है। मीरा ने कल कैफ़े जाने से पहले मुझे तलाक़ के काग़ज़ों पर दस्तख़त करने को कहा था। उसके जाने के बाद, मैंने काग़ज़ों पर दस्तख़त कर दिए। तुम्हें याद होगा, मैंने मीरा से वादा किया था कि मेरा पहला उपन्यास सबसे पहले वो ही पढ़ेगी, सो वो पांडुलिपि; जो मैंने पिछली रात ही पूरी की थी, उसके हवाले कर आया हूँ। उसके नाम एक पत्र लिखकर, मैं उस घर को हमेशा-हमेशा के लिए छोड़ आया हूँ। एक बात जो मैंने तुमसे भी छुपायी थी, वो ये कि जो मैं लिख रहा था, वो उपन्यास नहीं, दरअसल मेरी जीवनी थी। जिस दिन मुझे तुमसे प्रेम हुआ, उस दिन से हर रोज़ मैं अपनी डायरी लिखा करता था।

देखो तो, मैं कितना स्वार्थी हो गया हूँ। तुम्हारा हालचाल तो मैंने पूछा ही नहीं। कैसे हो? मुम्बई में ही हो इन दिनों, या शूटिंग के लिए किसी और शहर में? नया क्या लिख रहे हो, हो

सके तो जवाब देना। मैं ये मान ले रहा हूँ कि तुम मुझे इस ईमेल का जवाब ज़रूर दोगे। आशा है ये मेरी ग़लतफ़हमी नहीं होगी।

आज एक ऐतिहासिक दिन है। काश कि मैं उच्च न्यायालय के सामने उन सैकड़ों लोगों के साथ इस ऐतिहासिक फ़ैसले का स्वागत कर पाता; उनके साथ जीत के नारे लगा पाता। तुम्हारे साथ मिलकर हमारी आज़ादी का जश्न मना पाता। लेकिन इनसान कहाँ हमेशा अपने मन की कर पाता है।

मैं कल रात की बस से मैक्लॉडगंज आ गया हूँ। कहाँ ठहरा हूँ, ये तुमसे अच्छा कौन जानता है। कुछ दिन यहीं रुकूँगा। कुछ दिन आराम कर लूँ, फिर एक किराए का मकान ढूँढ़ लूँगा। कुछ दिन यहीं रुकने की इच्छा है; कितने दिन, महीने या साल, नहीं जानता। यहीं बच्चों को ट्यूशन पढ़ाकर गुज़ारा हो जाएगा। थोड़े-बहुत पैसे बैंक के सेविंग अकाउंट में हैं और कुछ फ़िक्स्ड डिपॉज़िट में, काम चल जाएगा।

तुम्हारे ईमेल का इंतज़ार रहेगा। लिखोगे ना?

फ़ोन बहुत पुराना हो गया है, इसलिए उसकी बैटरी पूरी तरह से ख़राब हो गई है। कितनी भी कोशिश कर लूँ, फ़ोन ऑन नहीं होता। एक-आध हफ़्ते में नया फ़ोन ले लूँगा, और सोच रहा हूँ कि नये फ़ोन के साथ-साथ अपना नम्बर भी बदल लूँ। नया नम्बर लेते ही तुम्हें सूचित करूँगा।

अब भी तुम्हारा<br>
श्लोक

श्लोक कॉटेज की बालकनी में बैठा हुआ था, वो यहाँ पहाड़ों पर

रहने के लिए आ तो गया था, लेकिन यहाँ चारों ओर धुंध इतनी थी कि कुछ भी दिखाई नहीं पड़ रहा था; न धौलाधार का सफ़ेद निरभ्र आलोक, न लोग, न कॉटिज के आसपास के मकान और न ही दुकानें। सुबह के वक़्त शहर में उसे जो उजली धूप मिलती थी, वो उससे दूर हो गया था। साथ वो दूर हो गया था उन तमाम लोगों से, जिन्हें पीछे छोड़कर वो इस वीराने में रहने आया था। श्लोक का यहाँ पहाड़ों पर आकर बसने का फ़ैसला कहाँ तक सही था, वो यह नहीं जानता था। न ही ये जानता था कि यह पलायन उसे उसकी पिछली ज़िन्दगी से मुक्त करा पाएगा या नहीं।

**श्लोक** फ़ॉर सीज़न कैफ़े में अपने कुछ साथियों के साथ LGBTQ OPEN MEETING GROUP का संचालन कर रहा था। मैक्लॉडगंज पहुँचने के बाद उसकी मुलाक़ात कुछ लोगों से हुई थी, जो LGBTQ कम्यूनिटी के थे, और कम्यूनिटी के लिए कुछ करना चाहते थे। वहीं से LGBTQ OPEN MEETING GROUP का जन्म हुआ।

इस ग्रुप में वो लोग थे जो समलैंगिक या द्विलिंगी होने की वजह से, या तो नौकरी से निकाले गए थे, या समाज द्वारा सताए गए थे। उनमें से कुछ ऐसे भी थे जिन्हें समलैंगिक होने की वजह से सरकारी नौकरियों पर नियुक्त नहीं किया गया था। इन ओपन मीटिंग्स का उद्देश्य था, आपस में एक-दूसरे को अपनी समस्याएँ बताना, और फिर साथ मिलकर समस्यायों का हल निकालना। जैसे नौकरी से निकाले जाने पर, कम्पनी पर क़ानूनी कार्रवाई करना। वकीलों से राय-परामर्श करना कि जिन लोगों को नौकरियों पर नहीं रखा गया, उनको न्याय कैसे दिलाया जा सकता है? लोगों में LGBTQ कम्यूनिटी के बारे में जागरूकता बढ़ाना। श्लोक और उसके साथी, सोशल मीडिया में भी इस ग्रुप को और मज़बूत करने के

मुहिम में जुटे हुए थे। प्लान था कि देश के हर छोटे-बड़े शहर का अपना एक LGBTQ OPEN MEETING GROUP हो; जहाँ लोग जा सकें और अपनी समस्याएँ आपस में बाँट सकें और उनका हल निकाल सकें। श्लोक भी अपने कॉलेज के ख़िलाफ़ मुक़दमा दर्ज करने की तैयारियों में जुटा हुआ था। हालाँकि, वो अब नौकरी नहीं करना चाहता था, लेकिन उसे अपनी नौकरी वापस चाहिए थी; ये उसके आत्मसम्मान और गरिमा की बात थी। नौकरी वापस मिलने के बाद, वो जब चाहे इस्तीफ़ा देकर यहाँ पहाड़ों में बस सकता है। यहाँ बच्चों को ट्यूशन पढ़ा सकता है और LGBTQ OPEN MEETING GROUP भी साथ में चला सकता है।

मीटिंग ख़त्म होने के बाद श्लोक ने ग्रुप के सारे सदस्यों को विदा किया। बाहर धुंध अब छँट चुकी थी, कैफ़े के बाहर लम्बे-लम्बे देवदार के पेड़ पीली धूप की रोशनी में एकाग्र होकर खड़े थे; जैसे घोर चिन्तन में लीन हों। हवा तेज़ थी; हल्की गुनगुनी—उतनी ही जिसमें न ठंड लगती है और न गरमी। घास पर कहीं-कहीं अब भी पिछली रात की ओस की बूँदें मौजूद थीं, लेकिन उतनी नहीं कि फिसलन हो। यहाँ की सितम्बर की धूप के चेहरे पर एक मनोरम-सी मुस्कान थी और होंठों पर मीठा सा संगीत। श्लोक ने शहरों की धूप में हमेशा से ही प्रेम का अभाव पाया था, फिर चाहे वो सर्दियों की धूप ही क्यों न हो। लेकिन पहाड़ों की धूप, फिर चाहे वो गरमी की हो या सर्दी की, बरसात की या फिर शरद की—हमेशा से ही उसमें प्रेम और आत्मीयता का गुनगुना-सा आलाप रहता था। उसे पहाड़ों की धूप हमेशा से ही बसंत की धूप सी जान पड़ती थी।

श्लोक के पैर अब भी कमज़ोर थे, और सुबह से बाहर रहने की वजह से, उसके पैरों में दर्द होने लगा था। लंच का समय हो चला था, सो उसने सोचा कि लंच करके और एक कॉफ़ी पीकर, वो कॉटिज लौट

जाएगा। उसने जब मेन्यू कार्ड उठाया तब उसकी आँखें 'प्रॉन फ्राइड राइस' पर रुक गईं। पिछली बार जब वो इस कैफ़े में आया था, तब अनुराग उसके साथ था; अनुराग ने अपने लिए एग-चिकन नूडल्स मँगवाया था और उसने अपने लिए प्रॉन फ्राइड राइस। खाने के बाद फिर श्लोक ने दोनों के लिए ब्लैक कॉफ़ी मँगवाई थी। श्लोक ने तय किया कि वो आज अनुराग का पसन्दीदा एग-चिकन नूडल्स खाएगा।

कैफ़े से श्लोक का कॉटेज कुछ दो किलोमीटर की दूरी पर था। पहले उसने सोचा कि टैक्सी ले लेगा, लेकिन फिर उसने पैदल लौटने का निर्णय लिया। अगर उसका कॉटेज और ऊपर की ओर होता तो वो पैदल लौटने की सोच भी नहीं सकता था। उसके पैरों में अभी इतनी ताक़त भी नहीं थी कि वो छड़ी के सहारे इतनी लम्बी चढ़ाई चढ़ सके।

**कॉटेज** के सामने एक छोटा सा लॉन था, जहाँ कुछ टेबल-कुर्सियाँ लगी हुई थीं। एक टेबल पर एक लैपटॉप बैग रखा हुआ था और नीचे ज़मीन पर एक बड़ा सा ट्रैवेल बैग। अनुराग वहाँ बैठा किताब पढ़ रहा था; रह-रहकर उसकी नज़रें कॉटेज के फाटक पर एक सवालिया निशान लिये ठहर जाती थी। सीढ़ियाँ चढ़कर जब श्लोक कॉटेज के फाटक पर पहुँचा तो अनुराग को देख एकाएक ठिठक गया। श्लोक को आता देख अनुराग अपनी जगह से उठा और कॉटेज के फाटक की ओर बढ़ा।

**धौलाधार** के पीछे सूरज डूब रहा था, लेकिन आकाश में अब भी सूरज की अन्तिम आभा ठहरी हुई थी।